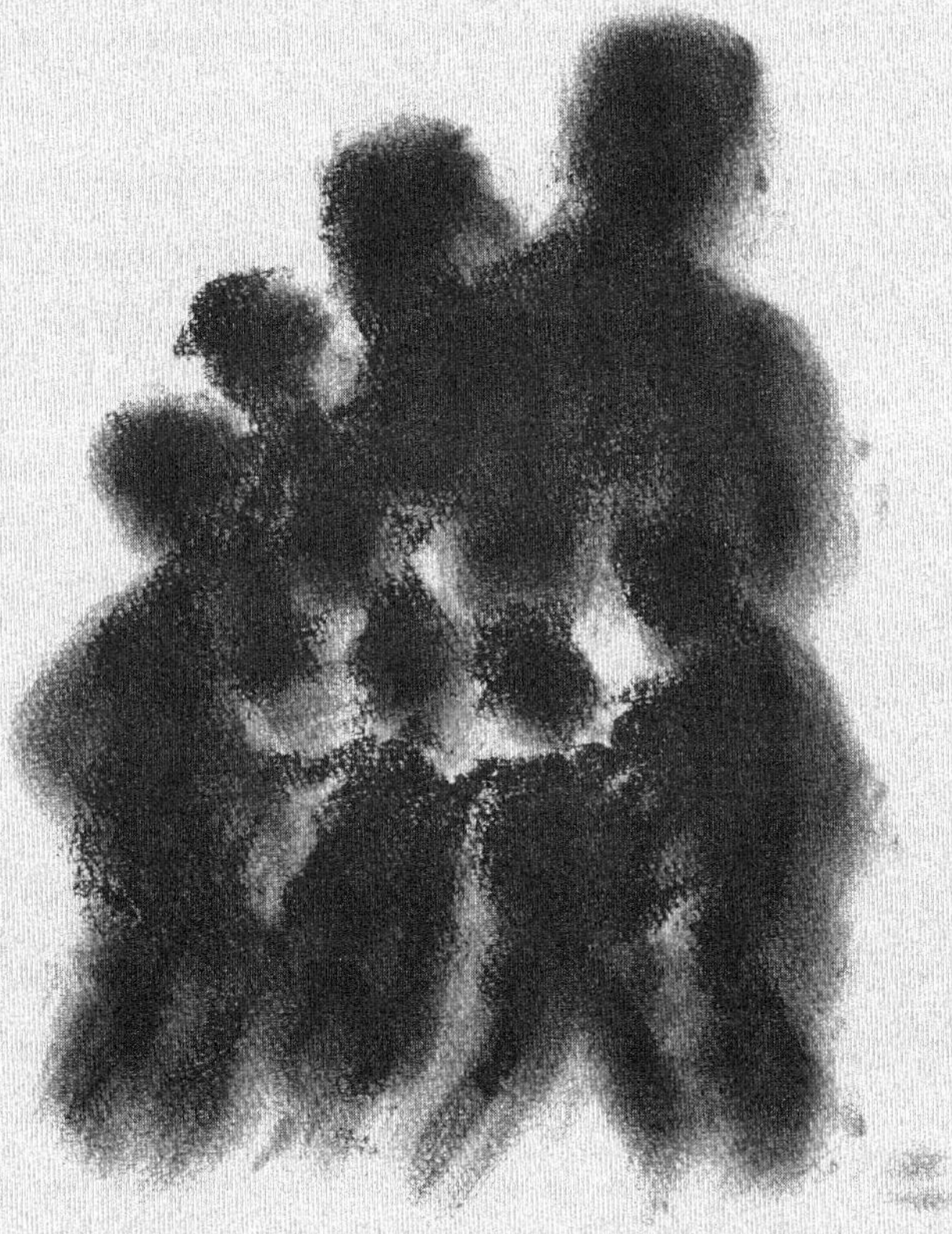

鴉なぜ泣く

村尾文

西田書店

鴉なぜ泣く◉目次

犬とあひるのいる風景

洗濯物を大雑把に畳んで、分厚い手の平でパンパンと叩いては棹に通しながら、たいは皺々にかこまれた目で小さな庭をいとおしそうに眺めている。例年だったら芝生の色も緑がかり、チューリップが彩りも鮮やかに賑わい、春咲きの草花が庭の縁取りをしている頃なのだ。急に目の中からその鮮やかな色が消えたのか、この荒れようはまあ、とため息をつく。虚ろになった目があちこちを泳いだあと、しゅんと肩を落とす。

小柄で太っちょのたいの足元には、これも小柄な雑種の茶っぽい犬が片目だけを横着そうにあけて、たいを見上げながら蹲っている。その脇に、あひるがつぶらな瞳をきょとんとさせて、白い置物のように坐っている。

古びた家に抱かれている庭は東南向きで陽当りがよい。庭の中央に杭を打ち込み、そこから鎖がのびて、この雄犬は庭の中は自由に動き廻れる仕組みになっている。その鎖を地に這わせて動きまわるので、孫の亨が生まれた時の記念に一面に敷かれた芝生は、いつの間にか擦り切れ黒土が見えて貧らしい。

この犬とあひるの主人はもういない。一週間前に、小学校へ入るため親元へと引き取られていった。その亨にねだられるままに、犬とあひるは家族の一員になったのである。

あひるは手の中に入ってしまう雛の時からのもので、あの黄色でぴよぴよ鳴いていたのは嘘のように、あれよあれよと白く大きくなり、すぐに亨が重そうに抱きかかえるほどになった。去年の夏からの住人である。犬の方は亨が保育園に入る前に空き地で拾ってきたものである。固く抱き締めて涙ぐんでいる亨の姿と、小さな命の哀れさに根負けして、そのまま家に置くことにした。

犬もはじめは亨の手の上にちょこんと乗っていたのだ。まだ毛も揃わず赤肌をみせて震えていた。玄関の隅っこで段ボールの中にいたのはやはり束の間で、何ヶ月もしないうちに一丁前の犬になった。親も小柄な犬なのだろう。子犬の兄貴分ぐらいのところで行き止まった。犬はサム、あひるはレームと、亨はモダンな名をつけて可愛がった。亨と「トウちゃん」と呼ばれるたいの兄幸一と、たいの三人の食い扶持が、東京にいる亨の父母から仕送られてきていた。これらの生きものを入れて五人分の生活費がかかるようで、たいは孫の亨のパパやママに、どうにも気兼ねでならない。亨のいた間は、それらの生きものが居てもまだよかったが、今となっては、なおのこと心苦しい。

毎年いろいろな花の種を播いては育て、また種を取ることをたいは繰り返してきたのに、今年は何もしなかった。陽当りの悪い玄関先から犬とあひるを庭に移したのは半年前だった。幸一と手を繋いで保育園から帰ってきた亨が、庭に置かれた二つの小屋を見つけたときの歓びようといったらなかった。わーいわーい、のびのびと、だがよたよたと逃げ回るあひるを追いかけ、抱きしめたり、サムに頬ずりしたりの騒ぎを見て、小屋を移動するのを手伝ったトウちゃんも、嬉しそうに手を叩いて囃したてていた。あの頃は亨自身も、中学生になるまでは、たいの元にいるものと思いこんでいた。

あひるを放し飼いにしてみると、犬のサムは自分は鎖で繋がれていながら、猫が竹垣の間から覗いたりすると自由なレームを守って、容赦なく吠えた。レームは気をよくしてサムに寄り添って首をおっ立て、ガアガアと鳴き、羽根までばたつかせる。亨と眼を合わせては、みんなで声高に笑ったのが、たいには昨日のことのようだ。

両隣は空地のままおかれている。その上、庭の前は畑である。まだ分譲されずキャベツや大根が作られている。この周辺でも所狭しと次々に住宅が建っていく中で、四方の空間を欲しいままにしているのは、偶然とはいえ自然の恵みを一身に引き受けている形である。ついこの間まで、たいたちはこの恵みある庭を中心にのどかに暮らしていた。地から芽をふく草花を、あひるの平べったい嘴が貪婪に啄む。それでもよかった、亨がいた頃は……。今となってみると、庭の荒れようが恨めしい。

その庭に、めっきり少なくなった洗濯物が眩しい光を受け止め、また、撥ね返すのを見届けてから、たいは縁側に上がり、洗濯籠を置きながら四畳半の障子戸を開けた。

そこには、いっぱいにボリュウムをあげたテレビの画面を一心にみつめる老人が、肩をすぼませて、炬燵に両手を入れていた。色白で堂々ともいえる体躯の持主なのに、何故か全体がもやっと周囲に滲んでいってしまいそうなものを漂わせている。八十近くなるにしては、肌つやがよい。なにやら老いると浮き上がってくるシミもない。たいの刈る坊主刈りの頭は、ごま塩で硬いたわしのように突っ立っているが、中央は薄くなって特有の照りを見せている。炬燵のすぐ脇にあるテレビの画面に、鼻がくっつくのではないかと思うほどの接近の仕方で、真剣そのものの表情はあどけない。黒目勝ちの瞳には老人にありがちの濁りもない。

——ほら、トウちゃん、また、そんな近くでぇ。

ボリュウムを下げながら近づいて、たいはテレビから一番離れた位置を叩いてみせ、炬燵布団をめくって促す。

——いちいちいちいちうるさいなあ。きこえないんだよう。

と爺さんは言いながら、それでも腰を上げてたいに言われた位置に戻る。ついでにちゃんとボリュウムを上げて立つ。目は画面から離さない。幼児番組である。

たいの兄、幸一はめっきり耳が遠くなった。それでなくとも人とのやりとりは行き違い、当人は大真面目でも、まともに取り合ってもらえないのを常としていたのに、ますますちぐはぐになる。せめて補聴器を、と用意しても、少しでも違和感のあるものは拒否する。ぶるぶるっと身震いしてみせる幸一なのだ。幸一の太い首の周りに半分もぐったままのセーターの衿を整え、ちんばにかけた釦もかけ直してやりながら、たいは、幸一とはもう素っ頓狂というしかいいようのない関りだが、それも風化してしまったと思う。

たいは、オウラッヨッと呟きながら、自分の体を移動して、風呂場に下り水を撥ね飛ばしながら、水道の水の冷たさが骨に凍みる季節でなくなったことにほっとしている。ついこの間までは、うっかり水の中に手を入れて、その冷たさが電流のように肩まで走り上り、思わず右腕を胸に抱え込み、しゃがんでしまったことが度々だった。昔者のたいは、ゴム手袋を使う習慣がなかった。手や足の皮は、使えば使うほど強くなるものさ、と言った死んだ母の言葉が、娘の頃からたいの中で生き続けていた。しばらくして凝っていた冷たさが溶け、次第に体中、拡がって収まると、額の汗を手の甲で拭いながら立ち上って、怖る怖るまた水を使い始めるのだった。その鋭い冷たさが走らない左手を主に使う工夫をしていたが、補助に回ってしまった右の利き手が次第になまっていくようでいやだった。が、たいは年を取るということは、こういうことなのだと、ひとつひとつ体で悟らされた。もうその冷たさにおびえることもない温もった水を使いながら、たいはオウラッヨッと大きな尻を平たくして、履かれるはずもない小さくなった亭の運動靴を、いとおしそうに洗い始めた。

たいは、亭がいなくなってから急に体中の関節が錆びついたことを感じている。淋しさを紛らわせるために、わざと声に出してみたオウラッヨッというかけ声が、不思議と骨の節々を滑らかに動かしてくれることに気づき、立ったり坐ったりの上下運動にもそれを使うようになった。オウラッヨッとおどけると、思ったより若い声が出るじゃないか、と我ながら可笑しくなったとき、そこにもうひとつ、耳をかすめていくもののあることを知った。

それは、今の亭と同じ年頃のたいが朝に晩に耳にしていた、いなせな俥曳きだった父のかけ声だった。家の前からオウラッヨッと出掛けていってはオウラッヨッと帰ってくる父親のその声を、たいは子供心にも艶のある声だと思っていた。そしてそれが記憶の中の父親の姿を、まるで童画の影絵の主人公のように、たいの目の前にくっきりと浮かび上らせた。

その父は、たいが小学校を卒業し、住み込みでの髪結いの奉公先が決まったとき、オウラッヨッというういつものべらんめえ調の掛け声を後にして、消えてしまった。隠し女の元へと、そのまま走って行ってしまったのである。

残されたのは少々の株券だけだった。それは頭の弱い長男の幸一と病気がちの女房と二人、それでなんとか食い繋いでいけということだった。この父は、たいについては奉公先も決まったし、多分「めでたい」の名前通りおめでたく生きていくと、たかをくくったのだろう。

その前夜、独り晩酌の杯を傾けながら、たいに語ってきかせた言葉は、世の中に出ていく娘に対する餞の言葉であり、同時に思いあまった父自身への言い訳でもあった。

――たい、お前は丈夫で長生きしろよ。幸一は短命なんだそうだ。占ってもらったら、可哀相なことに、あと二、三年の寿命とでた。

と、卓袱台に寄りかかり体を傾げて、ぼろぼろ涙をこぼすのだった。酒のせいかもしれないと思いながら、たいは、

――そんな占いなんかするから悪いのよ。父ちゃんひどいよ。そんなの嘘に決まってるわよ。

たいの言葉には耳もかさず、父は続けてこう言った。

――いいことを教えてやる。人という字があるだろ。ようく見てみろ。人という字は、二本の線が支え合うことで立っていられるんだ、人間一人じゃあ生きられねえ。お互いに助け合って、生きていくものなんだ。わかるなあ。ようく覚えておけよ。

たいは、そうかあ、そうだなあ、父ちゃんは学がないようでも偉いんだ……。立派な倩曳きなんだ……その思いを胸深くしまいこんだ。そして間もなくたいはあんなことを言っていた父自身が「人」という字を全く知らない人間だということを知った。二本の線の意味はもちろん、たいに指で書いてみせたときの卓袱台の上の字も「人」ではなかった。そのときは気がつかなかったが、今になって鮮やかにたいが思い出すのは、父のぎこちない手で書かれた「入」だった。

病弱だった母は、その三年後に幸一とたいを残して世を去ってしまった。母はいつも唄うように言っていた。幸一を嘆くその口調はしまいにはご詠歌になっていた。

――名医ときけばその名医を尋ね歩き、神様にも仏様にもお百度参りしたのに何のご利益も

ありゃしない。神も仏もこの世にはありはしないんですよ。けど、ものは考えようですからねぇ。幸一はいたって温和しいんですよ。暴れるわけじゃなし寝たきりで人に世話をかけるじゃなし、上を見れば切りはなし、下を見ても切りはなし、もう諦めました。幸一はこれでいいんですよ。まあ、自分のことは自分でしてるんですから有難いもんですよ。

この母の習慣化した誰に向けるでもない訴えに耳を貸す人もいたのか、髪結いのお師匠さんが、奉公人のたいの部屋に兄と住むことを許してくれたのである。たいの働きぶりと、その腕のよさも役立った。

幸一とたいは、人の情けに助けられ、二人でようやく一つの字になっていた。もともと一人前の扱いを受けずにいた幸一に限らず、誰だって一人きりで「人」の字になることなどできないのだから、こうして生きていることで幸一も自分もはじめて人でいられるのだ、とたいは思った。

そうして、どうにか生きついでみると、オウラッヨッと口にしているたいなのである。年老いた今、それは妙に甘酸っぱさが混じっていた。今は誰一人この掛け声と父を結びつける人もいないのに、たいはそれを口にするたび、何とも気恥ずかしかった。憎み恨んだことなどなかったみたいに、この年になってなぜか父親を慕わしく思い返している自分に、たいは気づくのだった。

亭の運動靴二足が真っ白になったところで、たいは、またオウラッヨッと掛け声をかけ、その威勢のよさに反してよたよたのろのろと重い腰を持ち上げるのだった。

テレビの声が聴こえなくなったと思ったら、幸一がたいの傍らに来ていた。

――トウちゃんも手伝うよう。

と両手を揃えて出す。

――はい、ありがとう。ではお願いします。

きちんと並んだふっくらした両の手に一足を乗せると幸一は、

――あにがとう。

と受け取る。もう一足はたいが持って、猫背の幸一の後に続いてシュシュポッポと庭に出る。幸一は、サムの赤い小屋の屋根の上に運動靴を置いてから、ゆっくりした仕草で、一つ一つ音を立てて並べた。水を切って立てかけるたいの手元を見ているのかいないのか、大役を果たしたかのように、ふうっ、と大きな溜息をついている。

古びた雨ざらしの木の椅子が、主待ち顔でいるのに気がついたのか、幸一はのっそりゆったり歩いて、そこにどしんと坐る。日なたぼっこの時間である。幼児の番組と料理の番組を見たあとの日課である。

爪を齧り始める。幼児からの習慣である。両の手の十本の指の先は、皮が幾重にも剥がされて、桃色になっている。ひどいときは、肉まで見えて血が滲む。勿論、爪は切ったことがない。伸びている暇がない。しゃぶって齧ってきれいにしてしまうのである。昼ご飯だよ、と呼ぶまでは、懸命になってこの仕事に執着する。自分で傷をつけ、それが痛めば舐めて治す。薬をつけたり、包帯をするのを迷惑がる。味が悪くなるからである。幸一にとって、これは一生の中でも大事な仕事のひとつである。が、この頃は、前歯が次々と抜けたりして、前ほどの熱中の仕方はしていない。両の指先を眺めつ眇めつしたあと、ふがふがと頷いて終了のようだ。

幸一が庭にいる間に、家の中を、はたきをかけ箒を使いながらのたいの掃除の仕方は、旧態依然で、掃除機を欲しいと思ったこともないのだった。オウラッヨッと、たいはのそのそごそごそと動き廻る。体の動きとちぐはぐに、軽快に鼻歌でもくちずさんでいるような声を出しながら、たいは、兄幸一を「トウちゃん」と呼ぶようになり、そして、幸一自身が、自分のことを「トウちゃん」と呼ぶようになったいきさつなどを……考えるともなく考えている。

中学生になった一人息子の昭彦が、たいに向かって言ったことがある。

——なんとかしようよ、間違ってるよ。こんな生活続けてるかあさんが分らない。軽蔑するよ、したくないのにさ。

　息子の言葉にたいは答えようがなかった。が、それでも、

――何とかしなくっちゃね、誰にとっても一番いいことをね。

と答えていた。

――誰にとっても一番いいことなんてあるはずない。自分が生きたいように生きればいいんだよ。

――そうだよね、それがほんとうだよね。

と言いながらたいは動けなかった。昭彦の言うことを理解もしながら、自分が生きたいように生きるということがどんなに贅沢なことかも、たいは知っていたのだ。そういう自由からは閉ざされて、ただ、流されてきた。たい自身が閉ざしたことだったのだろうか。たいが何をどう決意しようが、いつも大きく阻んだものは「オウラッヨッ」と走って行ってしまった父親の姿だったのだ。自分だけが生きればよいというものではない。それを昭彦に伝えられなかった。

　母親を歯痒がった昭彦は高校を出ると、家を出ていった。働きながら大学を出た。彼は母親への説得は諦め、父親と交渉を重ねた。その結果が、たいと幸一が暮らすこの家だった。

　遠い昔、たいが嫁に貰われていったとき、夫にはすでに女がいた。兄の幸一も一緒に暮ら

せるという条件つきなので、始めからたいには負い目があり、すでに人並みに扱われないことに馴れ過ぎていた兄と妹は、相手を疑うことを知らなかった。花街の女を家に入れることを父親に反対された夫は、髪結い所でひっそり暮らしていた兄妹に目をつけ、たいを形ばかりの嫁にした。面倒な係累がいないことも都合がよかった。そもそも髪結いのお師匠さんは、二人の面倒をみていたことで義侠心ある人と評判になっていたので、それを上回る称賛が得られると考えたのだろう。相場でひと財産築き権威者に成り上がり、その上、美談やら名声も欲しかったその家族のからくりに、たいと幸一は使われた。当人たちの知らないところで世間の人たちに何かと取沙汰されていた兄妹は、脚光を浴び、たいは慈悲深いところに貰われた玉の輿と謳われた。体のいい無給の女中で、たいは妻の扱いを受けなかった。たいにすれば二人で置いて貰えて雨露が凌げれば、髪結いのときの奉公と変わらないのだった。何年も経て出来心からか、なぐさみものにされたのか、一度こっきりのことでたいは身ごもった。生れた子は、

——俺の子であるはずはない。

と言った夫と瓜二つだった。

もう若くもないたいが昭彦を生んだ。その当時、たいは、わが子と幸一と三人だけになって暮らしたい……と、幸一と二人だけのとき以上に思った。戸籍を作り変えて、昭彦を幸一

とたいの子供ということにして水入らずの暮らしをする……夢はただの夢でしかなかった。どうあがいたところで、これまで流れに流されてきたようにまた流されていくだけ……。自分独りではないといった重しがいつもあったから……。その上、こんどは三人。この束はじっと竦むしか生きようがない……ほんとうは父親がかつてそうしたように、たいは昭彦と幸一を俥に乗せオウラッヨッッと走り出したい。父親の真似をしたい。しかし、かけ声さえかければ、夢が実現するというわけではない。

それから幾たび、たいはその思いをとどめてきたことか。

昭彦が就職した頃、昭彦の父親は当り前に女と世帯を持っていて、ほとんど家にいなかった。舅夫婦は二人ともが病気がちで目も離せない時期が続いた後で、相次いでみまかった。姑は何年も寝たきりの生活で、下の始末をするたいに、すまないねえ、と消え入るような声を出して逝った。舅は早くあの世に逝きたいものだ、というのを口癖にしての放浪癖があったた。昭彦が父親とどういう話し合いをしたのか、中古ではあったが一戸建てのこの家が幸一とたいのために宛がわれた。昭彦は自分が母たちをいま食っていけるまでの期間として十年間の生活の保障も父親にさせていた。

誰にとっても一番いいことなんてあるはずがない……。

寂しそうに洩らしていた昭彦の言葉は、すっかり成人した頼もしい姿とともにたいの心の中に残った。その背中は、幸一とたいを俥に乗せてオウラッヨッと走る姿でもあった。

引越し早々、近所の人から、

——ご主人は温和しそうな方で、お若いんですねえ。

と言われ、たいはきょとんとしたが、「こうちゃん、こうちゃん」と引越しの荷物を運ぶ際に幸一を呼んでいたので、「トウちゃん」と聞こえもしたろうと判断した。そして、咄嗟にたいは幸一を主人にすることにした。

——はい。

と頷いて、すこし赤くなってしまってから、実際そんな気がしてきた。たいは幸一にずっと仕えてきたともいえるし、主人は幸一なんだと思うとふっと気持が軽くなった。幸一を、これまでうっかりお荷物とだけ思い込んできたことを、たいはすまなく思った。そして、もう幸一を頭の弱い兄だなどと思うことはないのだと明るく弾んだ気持を味わった。幸一は働く能力がなかったことで馬鹿にされ続け、戦争当時は非国民扱いされていた。しかし、今となれば仕事を引退しても当り前の年齢になっているのだから、馬鹿にされることもない。

たいは、そうして幸一のことを「トウちゃん」と呼ぶようになった。幸一自身はそれをどう受けとめたのか、たいに呼ばれるままになっていた。

幸一という名前には、一生を幸せに、という親の願いが込められていた。物心つかないうちに病に侵されたことで脳の正常な発育が阻まれ、幼い知恵そのままで人並み以上に体だけが膨らみ大きくなった。眠りたいときに眠り、食べる心配もしたことがない。庭にいる犬のサムのように。隣にはあひるのレームが侍っている。淋しくはない。あひるはたいである。サムがレームを守っているように、幸一は、たいを守っているつもりなのだろう。固く絞った雑巾を見れば、黙っていても拭き掃除をしてくれる幸一だ。何かにつけて、たいの手伝いをしようとする。

酒とタバコの味も知らない幸一は、努力せずして長生きの秘訣を身につけ頑健そのものだ。テレビが出回ればチャンネル廻しを覚え、それで天下泰平のどかなのである。そんなことを思うと、名の示す通り、一生を幸せだったということになるのかも知れない。親の願いはまさしく成就された。たいが剃ってやらねば、白い方が多くなった顎の髭をどこまでも伸ばしかねない幸一である。

――ばあば……。

はいッと返事した自分の声で、たいは我に返った。思わず庭を見たが、幸一は日なたぼっこの最中だ。第一、幸一はたいのことをそんなふうに呼びはしない。

たいは不意に瞼に膨れ上ってきたものが、溢れ落ちそうになった。今、たいの耳もとをかすめたのは、東京へ行ってしまった亭の声の幻だ。たい自身ではそれと気がつかなくても、とうとうやってきてしまったこの日頃の寂しさが、重く身にこたえていた。たいは泣きたくなった。それも赤子のように。たいは帚もはたきも投げ捨てて部屋の中央にぺたりと坐りこんだ。白髪を薄く並べるように櫛梳り、後の中央で作った小さすぎる髷がまるで重いかのように、たいは深くうな垂れて、しょぼついた目でよく拭きこまれ艶の出た畳の面を眺めている。

ゆうべ亭の夢を見た。

——ばあばはいい匂い……。

——ばあばはあったかいなあ……。

亭の息が吹きかかっていた。眼の前にくるくる動く大きな瞳があった。いつの間にか寝入ってしまった亭。鼾をかいたと思ったら、スースーと鼻をならすのを繰り返している。ぷっくりふくらんだ頬が眼の前にある。まだあどけなさの抜け切れない亭をすっぽりと抱えこんで、誰にも渡すまいとしているたいが、そこにいた。

夢は夢だ。今このときも、亭は、ママを助けて暮らしているはずだ。たいが寂しがってめそめそしてばかりいたら、亭のばあば失格だ。とにかく今は、明日呉服屋さんが取りにきてくれるはずの針仕事を終らせてしまおう。閑なしに動いてきたから、これまでもやってこられた。仕事を持ってきてくれる人がいて、まだこうしてなんとか使い物になる両眼があるうちは、これまで通りをまた続けていけばよいのだ。

たいはへたりこんだ腰を待ち上げた。そして隣りの部屋にいき、裁縫箱を手に取った。

この家に住み始めた頃、たいは生涯の幸せを一度に引き受けてしまったようで怖いくらいだった。誰にも蔑まれない生活というのは、幸一とたいにとって死ぬまで手に入るはずのないものだった。この家は柔らかな繭、その繭の中にたいと幸一はいて、定期的に昭彦も帰ってくる。水入らずの平穏な日が続いた。たいはこの場所で初めて、これまでの生涯で夢にすら見たこともなかった家庭というものの素晴らしさを、知ったのだった。

仕事が忙しくなると、昭彦の足は遠のいた。

——淋しいね……

幸一がポツリと言った。

——うん。

たいも息を深く吐いた。

昭彦は恋愛をし、結婚した。二人だけの結婚式だった。すでに父親もあの世に逝き、幸一とたいを抱えている昭彦は、いつも経済的に不如意なのだ。たいは自分の華やかな結婚式をちらりと思い出した。結婚する前から昭彦は恋人の知子を連れて、たいと幸一のところへやってきていた。やがて新たに男の赤ん坊が加わってからの来訪は、賑やかさを増していくばかりだった。庭に芝生を植えて孫の誕生祝いにし、そこで亨が転げ回る日をたいは想像した。

大学を出てからも研究室に残って仕事を続けている知子のことを、たいは尊敬もし、心から応援していた。共働きで赤子を育てる若い二人に、たいはどんな形でも、できる限りの協力をしたいと思った。そんなたいの気持が伝わったのか、あるとき、いつものように知子と赤ん坊の亨をつれてやって来た昭彦は、改まった口調で切り出した。

――実は、これから知子は眼の手術をする。急性の網膜剥離で、失明の可能性が高い。急な話だが、取りあえず入院の間赤ん坊をあずかってもらいたい……本当は一日も早くトウちゃんと母さんを呼んで、一緒に暮らすつもりでいたのだが。もちろん、時間の許す限り、自分はここに顔を出す。あまりに急で身勝手な話で申し訳なく思っているが……。

たいは苦しげに言葉を選んで話す昭彦の胸中を思って息を呑んだ。

終始俯いていた知子も、昭彦の話が終ると、胸に抱いた赤子と共に黙って頭を下げた。たいは目の前の三人を抱き締めてやりたい衝動に駆られた。夫の母親の手に、子供を託さなければならない知子の気持を推し量ることなど、たいにはできない。それでも、知子が自分に向けてくれた信頼が、たいは嬉しかった。昭彦に出会うまで一人きりで生きてきた知子は、今、先の見えない失明の不安に脅えている。そんな知子の力になることに、たいは迷いはな

かった。知子に希望をもたせるように、

――一段落して落ち着いたら、知子にはこれからも研究室での仕事を続けさせたい。

と昭彦は付け加えた。

幸一と二人だけだった小さな一軒家の静かな暮らしに、その日から赤ん坊の亨が鎮座した。小さな命が真ん中にいることで、この家は生命感溢れるものになった。たいはこの歳になって思いもかけず手にした亨の世話という生き甲斐に溺れていった。周囲への気兼ねの中で昭彦を出産した頃を、たいは思い出した。当時、赤子の昭彦に何もしてやれなかったという後ろめたさ、今でも残っているひりひりする痛みを埋めるかのように、だれ憚ることもなく、たいはたっぷりの愛情を亨に注ぎこんだ。

たいが今こうして手にしている幸福は、知子が直面している失明の危機と引き換えになっている。知子の眼が一日も早く無事完治することを願いながら、一方で、たいはもう亨を手離したくない……とも思うのだった。

家中がミルクで出来上った亨の甘酸っぱい匂いで満ち溢れ、その中でたいは若返り、幸一の顔にも、笑みの絶えることがなかった。

始めの頃、幸一は捧げ奉るかのように赤ん坊を扱い、あぶなくて、たいは容易に亨を抱かせる気になれなかったが、いつの間にか幸一は柔らかい仕草で腕の中に抱え込むのを覚えた。

幸一はひっきりなしに動き廻る赤ん坊を、あぐらをかいた両脚の間に置いてあやした。

——ぼうやは　よいこだ　ねんねえしなあ。

調子っぱずれでユーモラスな節回しが幸一の唇から流れ出した。

幸一は、亨をおんぶして家の中を歩き回るのが好きだった。その大きな背中に赤ん坊はまるで蝉のようにしがみついていた。どこかぎこちなく緊張している幸一の背は、およそ赤ん坊がなじまなく思えるのに、亨はたいよりも、幸一におんぶされることを喜んだ。

たいは、亨のためにそれまでは必要のなかった電話をひいた。母親の声のする受話器を耳につけてやると、亨はそれを口に持っていき、しゃぶりだすのだった。はいはいが出来るようになると、ベルがなるたびに一目散に電話の所にいき、受話器を抱えこみ耳をつけたり、舐めたりと忙しいのだった。

亨との暮らしは、知子の入院期間が過ぎても終ることはなかった。たいと幸一を引き取るという昭彦の計画も、怖れていた知子の失明という現実の前に、消えてしまった。昭彦と知子は、覚悟はしていたものの、あまりに大きな生活の変化に身動きがとれなかった。これ以上たいに迷惑はかけられないと言いながら、こまめに亨のもとへ足を運ぶ以外、昭彦はどうしようもなかった。しょっちゅう電話をかけてくる知子の気持も、たいには痛いほどよく分かった。亨は電話を心待ちにしている。黒い電話のベルが鳴り出すと、幸一は手を叩いて、

――それっ、ママだよ、ママ。

と声を上げた。

盲学校の教師の資格をとる勉強を始めたという知子に、たいは以前にも増して力になりたいと思うようになった。目が見えなくても人の役に立つ仕事をしようとしている知子のためにたいができることは、そんな母親を助けられる子として、亭を育てることだ。よき母親でありたいと望んでいる知子の替りを、せめて今は自分がしよう……。そう考えることで、たいは亭との満たされた生活を自分に納得させているのだった。

保育園へ預けられる年齢が来た時、亭を東京へ引き取る話が出ながら、現状維持となった。昭彦も仕事上で岐路に立っていた。そして何よりも、亭自身が幸一やたいから離れたがらなかった。毎週両親が泊りがけでやってくる習慣が続く限り、亭にとって、それは悪い環境とはいえなかった。みんなの気持が自然に繋がっていた。たいは亭のしつけや教育に打ち込んだ。亭のためによかれと思う新聞の記事があると、切り抜いてノートに貼った。たいが生涯においてこれほど活字に触れたことはない。たいは亭が自慢だった。亭と切り離されることは、生きる張りを失うことだ。しかしいつまでも、こういう生活が続いていくはずはない。

覚悟はしていなければ……。

ある朝、たいは閉め切った雨戸の節目から差し込んでくる強い光で目を覚ました。それは二筋の細い光の棒で、その中にきらきらと反射する小さな粒子が、生まれたり消えたりの踊りを繰り返している。その七色のきらきらは、空気中に浮いた目に見えないくらい小さな塵たちの仕業だ。たいはその光の棒を眺めながら知子を思っていた。知子には光がないのだ。天気さえよければ、太陽の光はこんな細い隙間も見つけてやってきてくれるのに。知子はこの細く光る虹を見ることもなければ、この亨の顔も、もう二度とその眼で見ることがない……。思わずたいが一緒に寝ている亨の手を握ったとき、斜めに光っていた棒がへし折られた。幸一の指が遮ったのだ。

隣の夜具から両手を空中に伸ばしている幸一は、左右の人差指を立てて光の棒を操っていた。いや、幸一の指先から虹が生まれていた。二本の光の棒は雨戸を突き抜け、外へ向かって放たれている。それはそのまま真っ直ぐ空に伸びている。たいは予期しなかった啓示をその光景から受けていた。

その日から、たいは幸一と亨と三人で一緒に卓袱台を囲んで、たどたどしく点字の勉強を始めた。亨はママに手紙を書くために、点字を夢中になって覚えた。亨はきっと、ひらがなよりも先に点字を読めるようになってしまうに違いない。そしてママに手紙を出してびっくりさせるまで、点字の勉強をしていることは三人だけの秘密にしておこうと決めた。

点字の道具は、亨の一番のおもちゃになった。そして亨が保育園に行っている間、幸一は黙々と、飽きもせずその一つきりの道具を使った。小さな目打ちのような点筆で画用紙にボッチボッチと穴を穿ち続けた。小さな気球の形をしたその道具を握ることで、幸一の手にはたこが出来ていた。

反物を膝に乗せたまま、ひと針も縫っていなかったのに気づいて、たいは顔を上げた。今では持主が幸一ただ一人になってしまった点字の道具が目に入った。その横にある裁縫箱に針と糸をしまい、掃除をやりかけたままの部屋に戻った。

亨は目標通り点字で母親に手紙を書いた。その亨も、もうここにはいない。東京で暮らしている昭彦たち三人の生活を思うと、たいは居ても立ってもいられない。眼の不自由な知子を支えながら暮らしている息子と孫を思えば心配は尽きない。それなのに、たいはまだ亨とともに過ごした日々の余韻から前に進むことができないでいる。

昭彦は家族三人東京で暮らす覚悟をした。そして同時にたいと幸一の生きがいも奪い去ってしまった。たいが失ったものは、孫と過ごす日々だけではない。人から必要とされ、頼られて、それに応えようとする張り合いのある生活だったのだ。

幸一やたいと別れるとき、亨は母親の手を取り、強く握り締めていた。

たいが無我夢中で亨と過ごした時間は、ただ空回りばかりしていたというわけではなかった。立派に母親を助けられる子に、亨は成長していたのだから。

——たあい……。

いつの間にか、たいは、また、帚とはたきを前に坐り込んでいただけのようだ。慌てて眼をあげると、庭には白く光る洗濯物が、はたはたと風に揺れていた。幸一は相変らず椅子にいて日向ぼっこをしているが、片側の肘掛に上体をあずけ、閉じた両目のかわりに口を開いて寝込んでいる。

……たあい……トウちゃんはたあい次第だよ、この兄は妹たあいを信じているんだ……たいは、幸一がそう自分に話しかけているような気がした。幸一と自分は、あまりにも執拗にこの世にあり続けているのかも知れない。

幸一の足元に蹲って、まったく同じように眠りこけている犬のサム、そのまた傍にちんまり坐って、首をくるると後に向け、自分の背に黄色の嘴を突き刺すかのようにして眠っているあひるのレーム。雀が一足飛びの可憐な飛び方で、二、三羽近くまで寄って来ているが、誰も頓着しない。幸一を中心にして、とぼけたような風景がそこに醸し出されていた。

たいは、くすくす笑う。やがて幸一の姿はサムと同一になってその中に消えてしまい、たい自身もレームの中に入り込んでいく……たいはそんな錯覚が、ほんものになってしまえばいいのに、と思った。それが極楽だと思えた。そこでは幸一が赤ん坊の亨を抱いて唄った子守唄の調べが聴こえている。生きてあることの証であり、生まれてきたものへの讃歌となってそれは再現され、たいをうっとりさせた。もうよい、あんな時もあったのだもの……。

──ねえ、ばあば。サムって凄いでしょ。強いんだよ。逃げるなんてこと知らないんだ。いつもこうして、大きな犬にも向かっていくんだよ……。

息をはずませて話す亨の声が、たいの耳もとに蘇ってきた。足の衰えを感じているたいはめったに外歩きをしなかったが、一度だけ、亨の誘いに根負けしてサムの散歩について行ったことがあった。亨の保育園の送り迎えは幸一がしてくれていたのだし、犬を連れての散歩などという図は身分不相応という気がして、たいにとって晴れがましく面映ゆいのだった。

温和しい犬だとばかり思っていたサムが、亨を曳き摺るようにして歩く様子に、たいは驚かされた。自分の何倍もありそうな犬が向こうからやってくると、サムは猛々しくいきり立ち、敢然と吠えかかっていくのだった。亨は反り返って散歩綱を引き戻している。相手の犬は小さなサムなど相手にもしていないのに、サムの方は譲らない。そんなサムを見て、犬は飼い主に似るという言葉を思い出し、不思議な気持になったことを、たいは思い出した。亨はどっちかというと、控え目な子だ……。

目を覚ましかけた幸一が、椅子の背から上体を起して空を見上げ、眩しそうに顔をしかめた。サムとレームの世話を一手に引き受けていた亨がいなくなって一週間。以前は亨と連れ立ってサムの散歩をしていた幸一も、今では夕方になると一人で、散歩綱を片手に出かけるのが日課になり始めていた。

幸一もサムも変化のない日々の中で何ひとつ不足のない暮らしを続けてきた。それはこれからも変らないだろう。

そう思った途端、たいの頭の中に今まで一度も浮かんだことのない考えがよぎった。

……サムは幸一に似たのかも知れない……。

猛々しい憤りを見せるサムも、普段は庭の隅でじいっと蹲っている。それは他ならぬ幸一の姿でもあるのかも知れない。本当は猛々しく咆え立てたい思いを、幸一は抑え続けてきたのだろうか。サムの凄まじい抗いの激しさを思い起こし、たいはそこに、幸一の果たせぬ姿を見たような気がした。いつも爪を齧っているのは、それを紛らわせるためだったのかも知れない……。

たいは言いようのない寂しさに捉えられた。幸一とたいは同じ流れに流されてここまで来たが、心の中の空洞は違った形をしている。それは当然のことなのに、たいは今まで幸一の孤独と向き合ったことがなかった。

この小さな家は、みんな過ぎ去ったあとの景色だ。たいはこの四月の光と風と土とに包まれているサムとレームのように、自分もそこに溶け込んでしまいたいと思う。この始まりも終りもない穏やかな時間の過ぎていく庭が、自分たち兄妹の流れ着く最後の場所であってくれれば願ってもないことなのに……。

以前のように幸一とふたりきりで、残された時間を他になにも求めず暮らしていけばいいのだ、とたいは思った。

――それが、誰にとっても一番よいことだよねえ……。

呟やいてみて、たいは今となってはそれも身勝手な言いぐさに過ぎないことに気づく。この婆さまは、何やら毀れ始めている。これ以上毀れてしまわないうちに、何かやっておかないと……。

たいはそのとき、自分が先ずやるべきことが何なのかを、はっきりと自覚した。

亭に点字で手紙を書くのだ。一年生になった亭が、覚えたひらがなやカタカナで書いた手紙をよこす前に、たいの方から点字の手紙を書こう。その点字を眼で追いながら、声に出して母親に読んで聞かせる亭の様子が眼に浮かんだ。たいもあの頃一緒に点字を勉強したが、亭のようにすらすらとは、何も頭に入らなかった。今、紙を前にしても打てる文字はいくつもない。分からないところは幸一に聞けば喜んで教えてくれるだろう。たいは思わずオウラッヨッとも言わず勢いよく立ちあがっていた。

気がつくと、庭先の椅子から幸一の姿が消えている。隣の部屋から、ボッチボッチという幸一の点字を打つ音が聞こえてきた。

亨がいなくなってから毎日、幸一が無心に打ち続けているのは、亨に向けた手紙なのかも知れない……と、たいはこのときふと思った。そしてさらに気づいた。

幸一は童話の本を傍に置いて点字を打っていたではないか。そういえば、見えない子供のために点字訳をするのだ……と。

たいは亨のことばかりにうつつを抜かしていたが、幸一は、すでにその先を行っていたのだ。

ぎぼしの家

その家に引越したのは夏だった。家を前にした黄色く乾ききった地面にそれはあった。猛々しいほど葉が生い茂ったぎぼし。思わず目を見張った大きなその株に、こんなのは初めて……と、秋子はたじろぐ。彼女自身がいかに生命力に乏しくなっているかを、思い知らされた感があった。

中学一年と小学生二人に学齢前の末の子四人を引き連れての家出、離婚のための引越しだった。子供が四人いるというのに、厭な顔ひとつしなかった家主である。初老の無愛想な男があまりあっさり承諾してくれたので、腑に落ちなかったぐらいである。子供がいるというだけで、なかなか借してもらえないのが相場だから尚更である。四人も子供がいるんですけど、と秋子は重ねて念押しをしていた。

細い露地の奥、庭ともいえないちょっとした空地のその中央に陣取っているぎぼしは、どういう育て方をすればこうまで大きな青い葉になるのだろうと、つい何回もその旺盛な生命力に感じ入った目を注いでしまう。真ん中に何本かの茎を伸ばし、その先につけた小さな薄紫の花はなんともいえず可憐なのに、茎の伸び具合を見ていると、やはり何らかの目的を持って触手を延ばしているように見えてくるから妙だ。こんなふうに見られているぎぼしの方こそ迷惑だろう。

そんなふうによそ見をするから、いまだ置き場も定まらない黒い電話に躓き、重心を失って秋子はよろけた。荷物運びの最中で足の踏み場もない。電話に躓いたお蔭で、牛乳を早速配達してもらわなければならないことに気がついた。育ち盛りの子供の栄養源を確保するのが先決だ。

すぐ飛んできたのだろう牛乳屋は、気がつくとそのぎぼしの大きな株の前に白っぽく立っていた。秋子は一瞬ぎくっとした。まさか、ぎぼしの精……そんなはずはない。いうならば大男で何かの精というには程遠い。声ぐらいかけてくれてもいいのに……。ああ、びっくりした、と言いそうになるが、声にならないまま唾を飲み込む。妙に人なつっこい顔は、頬を綻ばせて馴れ馴れしい。まるで知っている家ででもあるかのように、ずいと近寄り、縁先に立つ秋子を通り越した目で家の中を覗きこんでくる。へェ、きれいにしてしまうものなんだ……。独り言めいているが、秋子は聞き咎めてしまう。前に住んでいた人でも知っていてのことだろう、毎日配達にきていたのかも知れない。秋子は何かを訊いてみたくもあったが、その何かがわかっているわけでもない。用件以外の言葉は出てこなかった。しかし、彼の方は何かを言おうとしていたという気がしないでもない。

人に貸すためには壁も塗り替え、襖も張り替え、畳も新しくして新築同様にしてしまう家主も、大変なものだ。中古という気軽さで借りたのに、あまりに新品なので新築の家を借りたようでこちらも気後れしてしまうぐらいなのだから、牛乳屋にしてもさま変わりした家を覗きたくもなるのだろう。

秋子の実家の末の双児の弟二人と、足でまといにしかならない兄と、四人の子供たちだけの引越しの行列のはずが、その中に子供の父親正夫がいるのを見て、彼女は言いようもなく深い底の底に引き込まれていくのを覚えた。しかも、先頭を切っているのだ。

たしかに、男手三人といっても、一人は事故の後遺症で足を引きずっているし、加えて子供と同じにしか見えない秋子の兄が助っ人では心もとなく見えたのだろうが、正夫その人からの逃走だというのに、その正夫本人が助っ人に加わっているとは……なぜ……。

まだ離婚は成立していないものの断固離婚するための手段としてのやむにやまれぬ行為の、その実行の日の今日、正夫が行列に入っているとは……。何をどう考えてよいのかわからない。

秋子は最初の荷物を運んで来たまま、受け取る側としてここにいる。だから露地から入ってくる荷物を持った行列を縁先で迎える形になる。正夫をみて強張る頬を掌で抑える。引越し専門の人を頼むまでもない。子供に転校させたくないこともあって、同じ町の中での棲家の移動なのだから内輪の手伝いで充分なのだ。足を引く弟が運転する軽トラックはどこで借りてきてくれたのか、それで何回かに分けて運べばよい。それにしても紛れもない内輪の人の顔をしている正夫である。彼のことは解せないことが多すぎる。彼が常識的なのか、秋子が非常識すぎるのか。

今日は子供たちと秋子にとっての第二の出発の日、晴れの日といえる。だから、子供たちははしゃぎ、お祭り騒ぎである。雲ひとつない晴天でもある。その晴れの日は一転して、秋子にとっては暗雲たちこめるという様相になってしまった。

これまで気がつかなかったわけではないが、わざとのように無視していた家の脇に立つ芭蕉は、何もかも承知していてわざと象徴的な姿を見せていたのだろうか。天に向かって葉を伸ばしてはいるが、大きな葉は破れに破れ、見る影もない。ぼろ雑巾がぶら下っているようだ。本来嫌いではない芭蕉なのに、何と恨めしく不吉な姿を見せていることか。ほんとなら瑞々しい緑にバナナ色を混ぜたその大きな葉を空に向け、大らかに風になびいているはずである。なびきながら波に似せた音を出すから海の傍にいる心地にさせてくれる。それなのにここにある芭蕉は一体どうしたのだ。風まかせ吹かれっぱなし、ずたずたと裂かれ放題というも情けない。まるで使い古しの秋子をあざ笑っているかのように、ぼそっと立っているのが小癪である。

借して貰えたことが有難く家主の気が変らぬうちにと早々に事を運んできたものの、妙な予感に震える思いだ。何しろ、引越しに正夫が加わっているというのがどうでも不安を醸し出す。縦の物を横にもしない人、いつだって我関せず、子供のことを相談しても俺には関係ない、でやり過ごすのに、まったく関係のないこういうときに限ってお出ましとは。それも、ついぞ見かけないご機嫌ぶりで子供たちと同じ祭り気分に便乗している。事情を知っている上の子供は、不可解と不安そうな目を秋子に向けていたではないか。末の子はパパが一緒に何かをしてくれるなど、ついぞあり得ないことだけに、照れながらも嬉しそうにはしゃいでいる。練習を重ね、漸く、出来るようになったスキップまでして見せている。三輪車も漕げるよ、と。

大方の片付けがすんだ夕方には、いつ頼んできたのか、正夫の大判振る舞いの寿司が届いたり、酒屋からは冷えたビールやジュースが大量に届く。ご苦労ねぎらいだという。アルコールが入って祭り気分を煽り立てる。新しい畳までが急に香りたってくる。なんで正夫の奢りなのか。まるで、これからやり直そうとでもいう祝いの席のようではないか。狐に抓まれた思いというより落ち着かない気持をもてあます。秋子は故意に正夫とは目を合わさないし、口をきいてもいない。口のききようもない。素直になれない自分をみているしかない秋子である。

身の危険を感じて、土砂降りの雨の真夜中、慌しく学校のカバンだけを背負った子供たちと秋子はびしょびしょと連なって実家に逃れてきたのだ。雨に濡れた両の羽を秋子は胸に掻き寄せた。掻き寄せた中に大きいのも小さいのもごちゃ混ぜの雛がいる。その中で母鳥の真似をして幼い羽を胸で交差して、もっと小さな雛を掻き抱いているのもいた。あの夜ですべては終ったのだ。豪雨の中、走ってくる自動車のライトにいく度も照らされ、滲みに滲んで、父親を除いた家族の姿が露わになり、そして、消えていった。

結婚しての十五年の歳月は一体何だったのだ……。気が抜けたとも、あほらしいとも、全身萎えに萎えた。三日三晩飲まず喰わずで、寝たきりだった。未来ある子供が四人もいるのだ。虚脱感の中から、ずたずたに引き裂かれたぼろを纏って立ちあがる。母親が、だあーっと寝たきりになっているような空気の中から学校へ通っている子供の健気さと、秋子に何も言わないでいたという子供たちの忍耐と思いやり、やさしさ……、なんとか動きださねばならない。子らに甘えてばかりはいられない。秋子が実家の生計も負っているにしろ、総勢五人の人間がなだれ込んできたというのにもかかわらず、老いた母も何も口にしない。

二度とあの人の顔は見ない。一度だけは、共に暮らした家に足は踏み入れるが、子供に必要なもの、日常の必需品を持って出なければならないからだ。しかし、それ切りになる。それが、子供と秋子の運命？　こうなるべくしてなっただけだ。何日も留守した家、朝早くに勇を鼓して鍵をあけて秋子はもう自分の家ではない家に這入ったが、幸いというか、正夫はアルコールの空気の中で熟睡していて目を覚まさなかった。わら半紙に「子供と家を出ます。荷物も持って出ます。話合いは人を介していたします」と書き、目覚めたらすぐ見えるところに、何かのはずみで飛ばないようにと上に置時計を置いた。秋子には頼る人、相談する人もいないのに……人を介すか、と自分をあざ嗤った。

上の子たちは理解を示し、それしかないよね、という納得もしていた。まさか、また、水泡に帰すのではあるまいね、ここまできてのこの事態なのである。暖簾に腕押し、秋子の一人相撲だったというのか。ここに至るまでには、あれこれやり尽くした。そのひとつに、正夫の実家に行って頭を下げて離婚させてください、と苦肉の策にまで及んだにも拘わらず、何の功も奏しなかった。無視され、屈辱感だけが膨らみ、そして重く沈み、そこに滑稽があった、その滑稽だけが秋子の中に居坐った。

正夫の狼籍を誰も知らない。外面がよく、傍から見たら非の打ち所なしの人格者といえる。もし、秋子が正夫の非を訴えたりしたら、秋子の方こそ可笑しいとノイローゼ扱いされるだろう。かといって酒乱のときの荒れようを録音しておき、凄まじい怒号、罵声、物を投げつけ砕ける音をその証拠だといって公開するわけにはいくまい。もう、それしかないのだと割り切っても、それは至難の技といえる。いや、その前に、上の子たちの発案で、父さん自身はそういう自分を知らないのだから、録音したのを本人に聞いてもらおうよ、反省してもらうのが一番ということになったのだが、いざとなると、その録音機のボタンを押す勇気は誰にもない。その行為の恐ろしさ……は実行を前にして頓挫した。正夫の修羅の姿より怖いといった思いは何なのだろう。

つまり、自分の知らない自分と対峙させる権利は誰にもない、ということだったのだろう。毛穴が突っ立ててしまう怯えに終止符を打つためには、その場から消える、ほかなかったのだ。

俺の辞書には離婚という言葉はない。俺はもともとこういう人間なのだ、それが見抜けなくて結婚したほうが悪い。釣った魚に餌はいらない、俺はその実践者。と、嘯かれれば、その通りなのだからと秋子は心底思ったものだ。離婚を掲げ突き進むよりも、踏みとどまって凌いでいくことだとした。生きる以上は安易な方は選ばない。しかし、その試練に応えていくとしたらいくつ体があっても足りない。体を裂くようにして離婚に踏み切った。子供の体まで裂くわけにはいかないのだから。そこまで考えての結果であり、今回の終止符の打ち方だった。家出したまま、もう、戻らないのだ。子供と秋子のその決意は宙に浮く。

今日の日のこの有様は、しっかりしろ、とどんなに自分に言い聞かせてもなんとも言えず怖い。不安に苛まれる。いたたまれない思いは、胸が絞られ、呼吸困難になる。ただ苦しい。もう、どこへいく当てもない。消えてしまう以外はないというのに、どうしてくれるのだと途方に暮れる。

やっぱりいい人なんだよ。姉ちゃん誤解してるんじゃないの？　秋子はそんな目で弟たちから見られているのを肌に感じながら、お先真っ暗、前途暗澹たる気持を払底もできずにいた。新しい家で明るく賑やかな空気の中で秋子は孤立していた。

酒を呑んでは一週間に二回の割りで荒れ狂う正夫、限界はとうに越えた。それにふりまわされての日常は子供たちの上にも現れ、登校しても頭痛で保健室に行くしかなく睡眠不足を学校のベッドに寝て補っているらしい。三人ともが……。それぞれの担任から聞かされては放っておけない。テレビの見すぎと思われて注意を受けた。両親が仕事を持っているから、という目で見られた。テレビの見過ぎなんかではない。らんちき騒ぎの実況、独演会を見ていて眠れないだけだ。子らも秋子も、背に氷のとげとげを突き刺され、骨の髄まで寒くなって震え、幕が閉じられるのを待っているだけなのだ。

それらのことが現実にあったこととも思えない、今のこの細やかに気を使っている光景をみる限りは。こちらが大きな過ちを犯していたということになる。当事者の正夫が現にこれほど明るく鷹揚に振る舞っているのだ。毎度のことながら、正夫の善なる面だけを見ていると、もしや錯覚しているのかも知れない、これが本当の正夫なのに、と、つい秋子は自分に問う羽目になる。どっちがほんと、どっちもほんと。しかし、人間がかくも変われるものなのか、という新鮮な驚きにもなる。何度でも秋子は新鮮に驚くめでたさをもっている。そして、それが子供の父親であり秋子の夫であるというところに落ち着くと、その忌わしさに打ちのめされる。まさか振り出しに戻ることはあるまいね。子供を守り生かすためには離別しかない。

どう申し出てもさっぱり通じない。聞く耳もたず、聞き流される。埒が明かない。

実力行使しかない。それも何度か操り返してのこれが最後通牒なのに無視されている。

まさかでしょう。わたしにはもう行き所がないのです。学校へ通っている子供たちを引き連れて、雲隠れをしたり、高飛びはできないのです。収入源であるパーマやをやめたり、そこから離れてはいけないのです。実家には老いた母とわが子のような知恵遅れの兄とがいます。まだ就職前の双児の弟がいます。その一人は病身です。実家に関係ない所や店から離れていくわけにはいかない。それだから、同じ町の中での方法をとったのです。元の木阿弥とは……秋子は祈り疲れたように声にならない声で呟いている。

長男が気を利かせて風呂を沸かした。沸いたよ、を合図に、弟二人はうまくやんなよ。と世間慣れしていないのでぎごちなく聞こえるそんな言葉を残して帰って行った。兄はまったく安心しきった笑顔で手を振っていた。正夫さんはほんとにいい人だね、と。

そういえば、この双児の弟と兄のことを、正夫は大切にしてくれている。秋子が大切にしている領域を知っていてのことか、と秋子は密かに感謝していたものだ。

この三人にもっと居て欲しいが、引き止める言葉が見つからないうちに帰られてしまった。子供と秋子以外の別の人間がいれば、今夜は大丈夫、彼は温厚でよい人として振る舞ってくれるのだから無事だったはずなのに……。

気がつくと、下の子供二人とその父親は風呂に入っていた。上の二人と顔を見合わせ、三人は詮方ない顔になる。これまで子供と風呂に入ったこともない人なのである。風呂場からは楽しそうな声が響いてくる。随分音響のよい風呂場らしい。兄ちゃんたちもおいでよ、末の子の呼ぶ声もする。夕焼け小焼けの赤とんぼ……正夫の好きな歌、みなで合唱し始めた。正夫は自転車の前に幼い児を乗せると必ず唄った歌だ。上の子供二人も子供用の自転車に乗り、秋子がしんがりで、みんな揃って走った。歌った。そんなこともあったのだ。土手の上を走る自転車。家族のシルエットが秋子の脳裏をよぎる。

しっかりしなければ……。どうすればよい。やれることはみんなやった。まさか大の男を箒で掃き出すわけにはいかない。がなりたてたいが、急に慣れない声を出そうと思っても出てはきまい。何をすればよいのか……。

いろいろイメージするだけで実現不可、立ち往生とはこういうことを言うのだろう。

長男が高校生でもあってくれたら、押しのきくなんらかの方法があるのだろうか。

それにしても、正夫は純粋に秋子の兄弟三人に労をねぎらってくれたことには間違いないのだ。大量の寿司はきれいに平らげた。文句をいったら罰があたる。

みんな二階に寝ることになっている。戸締りをしなければならないが、帰ってくれるのを待つために二人きりになるわけにはいかない。仕残したことはそのままに、子供の後を追ってそそくさと秋子も階段に足をかけていた。

おいっ、呼びとめられた。知らぬ振りはできない声に足が竦んだ。呑んでいるのだから危険率は高い。何事も起きませんように、と、祈る思いで振り向く。そこに精一杯の笑顔がある。秋子は黙って首を振る。その途端、かっと目を開き、なにをっ、と喰いつかんばかりの形相になる。秋子は構わず階段を登りきる。追ってはこなかった。引き摺り降ろされはしなかった。

背中がぞくぞくと寒い。総毛立っている。これは彼女の身についた反射神経といえる。階下の様子を窺っているだけで身が縮み、寿命も縮む。階段を軋ませ何度か登ってきた。その度に消えてしまいたい、溶けたいと折る。子供の寝顔を見にきました、とか、折り目正しく呟いていたが、秋子は末の子にしがみつきタオルかけを頭からかぶって息を殺し寝た振りをしていた。何事も起きませんように。

玄関の戸の音がするのをひたすら待ち望み、夜は明けた。玄関の引き戸の音がしたら、鍵をかけにいかねば……。とうとう畳の上に夏座布団を枕に鼾をかいて寝ている姿を子供たちも見る結果になった。そうっと足音を忍ばせ登校の仕度をし、朝食をとった。正夫を除いた家族は揃ってぎぼしの家を出た。鍵を置いて出た。長男が鍵は玄関の植木鉢の下に隠してね、と書き添え、そのメモを鍵の下に置いた。

　中学校、小学校へ行く子供を途中で見送ってから、保育園を廻り、末の子と別れ、町の中央にあるパーマやの店、秋子の仕事場へ急ぐ。本来なら、開業して二年目の駅裏の歯科医院、そこを起点にして、そこから毎日が始まるはずである。子供たちはそこから登校し、看護婦二人が出勤して来るのとすれ違いに秋子は末の子を保育園に預け、そして、店に出る。日常の起点が変わったが、日課は変わらない。また、続行だ。神聖な場所であるはずの子供と秋子の新居は、何の意味もない掘立小屋になる。

　何日か人任せにした店は敷居が高い。逃げた先からの出勤だし、そのせいで感ずる後ろめたさか。それ以上に、萎えた心と体をそこへ運んでいけるのか、危ぶみながらいつも通うのとは異なった道を、秋子は自転車を漕いできたが、習慣ほど強いものはない。そこに身を置けば、店に出なかった詫びと留守の間の労をねぎらい、秋子は店主に早変りする。技術者と見習いには、すべて見抜かれている。何かあったな……と。言わないでも承知してます、というしたり顔をされているが、それにも平然としているしかない。平然としているのではない、居直っているだけだ。そうして、これまでもやってきたしこれからもやっていくしかない。人の目とか体裁などという人並みのことは払底して生きるしかない。何もかにもから目を瞑った。それでいて、切羽詰った思いで、体当たりしてでも何らかの可能性があるなら掴み取ろうと足掻いていた。暗い穴、深い穴に降りて行ってでも何かを確かめねばと必死だった。

正夫とのことを惰性やら、なし崩しでやっていってはならない。彼の方がその手を使ってもそれに掬い取られないようにしなければならないのだ。子供たちを迷宮の闇めいた中におとしめないためにも……、何が子供たちにとって幸いなのか。今後の指針になっていくのか……。この手で、しっかりと掴んで確かめをしないではいられない秋子だった。

秋子の離婚への決意はまたも失敗の兆しを孕み、これまで踏んできた轍を歩いている心細さの日々だった。

そんなある日、突如、秋子は歯痛に悩ませられることになる。どの歯が痛むのか見当のつかぬ口全体の痛み、鼻も痛い。目も鼻も口ももぎり取り、毟り取って、投げ棄ててしまいたい痛みといえる。水の中に映った顔が歪んで毀れるように顔が毀れていく。言葉に尽せない痛さだ。正夫の所に駆けつけるわけにはいかない。

先生の奥さん逃げたのよ、囁く看護婦がいる。あの、治療台の上で口を開けて診せるなど出来ない。いくら負け犬の秋子だとしても、それ以上の負けっぷりは見せられまい。買い置きの薬を飲んでも、慌てて買いに走った強い鎮痛剤を飲んでも、治まらない。恥も外聞もない、正夫が開業する前からのかかり付けに行くことにする。医師の家族が病気になった時、他の病院で診察を受けさせる、という話を聞いたことがある。身内の診断は誤診しがち、ということによるものだが、それを利用するにはちょっとどころか、大いに違うとわかりながら、あえて待ったなしの行動だった。秋子の夫が歯医者だということを知らないはずはないのに、触れてこない医師にほっとする。

痛みの原因は不明だが、レントゲンをかけて奥歯の根が病んでいるのが見つかる。抜歯するしかないと言う。抜歯のための麻酔が効かない。鎮痛薬の飲みすぎで、看護婦三人が手足を押さえての抜歯となる。狂暴な痛み、苦しみ、ここは地獄か。そうか、地獄に落とされ悶絶している秋子なのだ。叫び呻めいてしまった秋子は自分の声を獣の吼える声として聞く。自分でも知らない自分を曝け出す。

四人の子を生んできたが、みな難産、仮死状態で生まれてきた。あの時の苦しみは忘れることは出来ないが、それでもあの時は我慢と頑張りの先に我が子の誕生があった。しかし、この抜歯は失うだけ。それでも、抜歯した後は嘘みたいに楽になった。気が抜ける。あの騒ぎは一体何だったのだ。一日の半分は、歯科医院で終ってしまい、あとの半日は店で仕事をし、秋子は下校してひと先ず実家に帰っている子供たちを引き取り、連れ立ってぎぼしの家へ帰った。

夜は、短縮され凝縮された子供たちと秋子の時間である。一日はこの時のためにある。賑やかで、忙しく、落ち着かないのに、のんびりくつろいでいるような気分も混じって……。あっという間に過ぎていく。あまりにも短い愉しさに終りがきて、みな寝静まる。

しんとしてしまった階下の茶の間、卓袱台の上に、家計簿、店の収支帳を並べて一日を締める。そんなとき、なにやら判らない怖さというものやらが秋子に忍び寄る。神経のせいだ、気が弱っているな……背中がざわざわする。慣れてる現象ではある。しかし、正夫が酒を飲んでいる家にいるわけではない。余程の神経の参り方に嗤いたくなる。これが正夫と暮した後遺症とでもいうのだろうか。それでもなぜか、やはり、見られている、誰かに。背中は壁、秋子は怖々振り返ってみる。新しい壁はきらきらした砂粒の混じったもので塗られた薄緑色。触れればざらざらこぼれ落ちそうだ。子供たちに気をつけさせなくてはならない。そうだ、ここには家具を置こう。家具の移動を思い立って秋子は元気を装う。

呻き声がする。どこから？　壁の中から？　冗談じゃない。歯痛で唸りすぎた自分の声の空耳だ。痛みが取れて忘れていたが、つい今日の出来事なのだから残音？　残声？　があっても不思議はない。それにしても厭な残声だ。

歯を抜いた跡に舌がいく。それでなくとも勝手にいきたがる舌なのだが……そっとしておいてくれ、お節介はしないで、と、ちょろちょろしてる奴に言いきかせている間もなく、急に、抜いてしまって空っぽのはずの、その所から痛みが噴出した。嘘でしょう。そこにもう歯はないのよ。時計を見ると、丁度ふたつの針が真っすぐに重なって上を向いたところ。ぞくっと背筋に走るもの。意味もなく、慌しく秋子は二階に駆け上がる。子供たちの傍にいたいだけ。子供の体温にしがみつく。背筋が凍る。

子を生んでから、信じられぬほど臆病ではなくなったはずなのに、どうしたことだ。それよりも、また歯痛が始まった。抜いた隣とか、その隣だとかのどころではない激痛だ。どの歯が痛いなどまったくわからない。歯全部、勢揃いしての痛み。顔も頭も首、胸、ああ、全身だ。あっと言う間の急変で慌てて薬を飲むが、痛みは去ることなく、朝まで責められ通しだった。顔だけが毀れていくのではない、身体全部が毀れ、ばらばらになる。何者かから、秋子は悪行を暴かれているのだ。どうか、お許しください……。苦痛の呻きの間を縫って重奏部のところで祈っていた。

歯科医師は首を傾げ、こんなのは初めてだ、と呟いて処置してくれた。昨日と同じに辛く、みっともないことはしたくない、の自制心はどこへやら、悲鳴を上げていた。難行苦行でも、済んでしまえばけろりとする。恥かしいぐらいに治っている。くどくどと説明する気にもならない、情けないとも、何とも、どうしてこういう結果を招くような自分なのか……。どう自分に問うてみても正夫とのことで罰を与えられているとしか考えられない秋子だった。

惨憺たる日々が過ぎた。信じ難いが、連鎖反応が起きて歯を次々と抜いていくことになった。最後の一本を残して漸く痛みは止まった。原因不明、奇病というほかはない。あえて言えば感染症か、と医師の口から言われたとき、消毒の仕方でも悪くてそんなことになったのか、と恨めしかったが、医師の方がよほど迷惑だったろう、こんな患者にやってこられてということに秋子は気がつき、赤面した。この医院での嵐は沈静した。抜いた跡が落ち着くのを待って、あとは入れ歯作りですね。歯医者通いのお百度参りにとりあえず終止符を打った。土手が固まったらいらっしゃい、と送りだされた。

ぼこぼこ空いた穴が、平らにならされる日がくるらしい。入れ歯をのせるための土手作りは、身体自身でする仕事というわけだ。命とは、何でも自主的にやって見せてくれるものなのだ。木の枝が切られたり折られたりしたあとに、その傷口がいつの間にか新しい樹皮で覆われていくのを見たことがある。樹自体が傷を癒し自らを守っているのだ。生命とは随分な働き者。何ともいえず深いある感動に浸される。

秋子は身も心も憔悴し切っていた。ずっとマスクをかけていたが、ふがふがと息が漏れて口もきけない。マスクをとった顔は口の穴に周辺の皮膚が吸い込まれ、梅干婆さんなら可愛いが、なんとも不気味なその形相に、マスクを外せない。それに、歯が無いということは、どこにも力の入れようがなく、全身の衰えを自覚させられるだけである。精も根も尽き果てて、青息吐息の暮らしを秋子は余儀なくさせられた。ぎぼしの家と命名したのに、そのぎぼしのことも、芭蕉のことも、目に入らず過ごした。それでも日常は同じく続いた。変らなかった。

抜いた歯の穴の周りにひらひらした肉、糜爛した肉片が付いている。舌はそれをよけて穴の中へ入っていく。穴の壁を撫でさすっている。岩壁の断層ではないからざらざらはしない。ぬめぬめのつるんなのだが、やはり過去という断層はあるらしい。断層は歴史なのだから。その断層のどこに舌が触れても多分切なさだけしかないものと思っていたら、さっぱりした空洞の壁は哀切な思い出を美化したみたいに、愉しいともいうべきメロディーを奏でてくれるのだった。いたずら者の舌も思いがけないものと出逢って驚いている。

上の子二人が小学生のとき、鼓笛隊で高らかにトランペットを吹いて町の中を行進したのだが、店の前を通るその姿に、末の子を背負って見物していた秋子は逞しく育ってくれたものとつい涙していた。涙に慌てた舌は次の穴にと潜り込む。

三人の子がそれぞれに架空のヴァイオリン・チェロ・ピアノで演奏している。乳を含ませながら秋子は片手で指揮をしている。いわば、テレビのN響の画面を真似ているだけなのだが、正夫がいないときの羽目を外して興じている家族の姿なのだ。

空洞のひとつひとつに密度の濃い母子の姿が封じられていたのだ。本を読むのに登場人物の声色を使ったりそれぞれが工夫するので、それが可笑しいといって笑い転げたり、物語とともに、今でも子供たちの動きまで見えてくる。抜歯したから見つかった空洞の壁に、秘かに詰まっているものたちは、はからずも秋子の宝物だった……と悟った。これらを大切に埋めてくれて、土手が出来ていくのだということも納得した。そして安心した。

　穴の中で舌は目がないのに、きれいな色彩まで捉えている。舌の感覚はまたも発見していく。ひとつの穴にひとつの宝物だけではない。層を帯びていくらでもぎっしりと埋まっていると知る。舌のいう通りだと……秋子は頷く。断層、地層に替わるべくの穴の壁は彩りのよいリボン状の帯が横並びになってぎっしりとした断層を作っているのだった。崖などの地層の美しさに見とれることがあるが、抜歯の跡の地層のリボン状のものもそれに劣らないと秋子は確信するのだった。

　切りがないのに、またまた探りたくなったのか、舌が別の穴に潜りこんでいった。遠い日の双児の赤子、秋子にとっては母に替って無我夢中で育てた自分の子同然の弟、かつての赤子の守りのときの景色が現れてきた。兄と秋子が背をゆすって歩いている。凍てつく夜の道を、敗戦の次の年に生れて乳不足の赤子が泣き止むまで歩き続けた。兄がいるから怖くなかった。兄は小さく秋子の肩ほどの背丈だったが、それでも心強かった。二人の背に、あったかい生きものの弟がいるのだから、四人一緒でなお平気だった。いつしか背中の赤子は泣き止んでスースー寝息を立てていた。兄と秋子は顔を見合わせ幸せそうにくすんと笑った。ほっとして白い息を吐きながら空を見上げたら、まんまるな月が光って二人を見ていた。いや、四人を見ていた。あの兄と一緒の満ち足りた思いは忘れない。

舌は、もひとつの穴を撫で探っている。新たなリボンに触れる。長男が四年生のときに書いた母の日の作文。「弟と喧嘩をしたとき母は箒で追いかけてきます。便所に入れられたこともあります。でも母はパーマやでいつも忙しいので大変だから、ぼくは一番下の弟の赤ん坊をおんぶして、妹の面倒をみたりお買い物に行ったりのお手伝いもします。ぼくは大きくなったら、ベートーベンの好きな母をウィーンに行かせてあげたいと思っています。ベートーベンのお墓参りをさせてあげたいです」この作文を書いたことを知らなかった秋子は、店に来る客から教えられた。バスに乗って村から来る客である。娘が朝礼の時、校長先生が朝礼台の上で他の学校の生徒の作文だがと言って読み上げたのだそうだ。かあちゃんの行ってるパーマやさんのことだよきっと。と、この娘が言うんだわ、とその客は一緒に連れてきて母親がパーマをかけ終るのを待っている娘を指して言う。秋子は真っ赤になって否定しながら、長男がそんなことを……ともう涙ぐんでいた。その話の日から大分たって、客できている教師の話。長男の担任と同僚である。職員室でその作文を読み、それを借りて帰った。別の学校で校長をしている父親に見せたかったのだ、という。ああそれで、と判ったものの、跣で箒をもって追いかける母親だと知られては引っ込みがつかない。それなのに宝物には違いない。

舌はついでのように、またまた次の穴をまさぐる。

次男がねんねこ半纏を着ると運動靴の足だけしか見えない。ねんねこ半纏だけが歩いているように見えるのだ。その中に赤子がいるとなれば、ちょっと面白い景色になる。その景色を舌は映しとった。

この次男はよく赤子の守りをしたがった。寒いので外に出るとなればねんねこ半纏を着せる。文房具屋へ消しゴムを買いに行って、女学生たちに取り囲まれてしまったと言う。赤ん坊のこと可愛い可愛いって大騒ぎだったと得意そうだ。本人は気がついていなくても、小さな子供が赤子を背負ってるそのことが珍しく、負ぶさってる赤子も可愛いが、おんぶしている小学校二年生の男の子が、また可愛いかったのではないか。秋子はねんねこ半纏ごと二人を抱き締めて頬ずりしてしまったものだ。二人のほっぺは寒風に曝され冷たかった。

それらの数限りない宝物をそっと詰めて土手が出来上がっていく。秋子は妙な自信と慰めを持つことができた。

いつもマスクをしていて、口もきこうとしない秋子には、目もくれず、正夫は相変わらずせっせとぎぼしの家に子供に逢いにも来たし、土産も運んで来た。子供たちは口止めもしないのに、母親の歯痛の件は伝えない。秋子が急速に老いていくのと反対に、正夫はぐんと若返っている。子らに向けてこれまでにない、お前たちを愛しているよ、ということを示すために、積極的行動を現して活き活きしているからだろう。

ある夜、まだ食事前だろう、とにこにこしてやってきた。人数分の寿司折りを持って来た。秋子が制する間もなく、今、食べ終わったところだよ、子供の中のチビが答えていた。正夫の顔は一変した。それは飛んだ道化でした。と、正夫が言い終らないうちの、あっという間の、一瞬の出来事だった。立ったままだった正夫はその途端ガラス戸をがらりと開け放ち、持参の寿司を地面に次々叩きつけた。寿司からか地面からか、悲鳴が聞こえたと思った。それはぎぼしの上に散り、ぎぼしの葉の間に入り込み、まるでぎぼしに花が咲いたような、いや、ぎぼしがそれを餌にして食べている光景だった。

猛々しいぎぼしが全身を揺らして寿司を頬ばっている。ぎぼしが生き物に見え、慌てて秋子は雨戸まで閉めていた。庭の気配に脅えもしたし、近所にこの怒号を聞かせたくもない。

そんなことがあって間もないある夕暮れ、末の子が行方不明になって大騒ぎになった。ひとりで行くには遠すぎる正夫の家へ、お父ちゃんがひとりぼっちで暮らしているのは可哀想だから、ボクが一緒に住んでやるのだと言って、着替えなどをもって出かけてしまったのだ。

正夫の好きなわさび漬けを冷蔵庫から持ち出していた。店の客から観光旅行の土産に貰ったものである。それをぶら下げとぼとぼ歩いていたのを手分けして探していた上の子が見つけたのだ。

秋子は、心底子供に悪いことをしている母親だという自分を、容赦ない目で見詰めた。願わくば、死ぬる日まで正夫と添い遂げたい。子供の成長を二人して見守りたいのだ。それが切なる祈りとしていつも秋子の中にある。それの出来かねる自分を彼女は責める……毎度のことながら、もうそこから逃れられないのに、逃れ……逃げ切れない。つい、子らのためだという大義名分が頭を擡げる。誰に、何に詫びたらよいのだ。土下座して詫びても赦されまいが素直に子に詫びたい。

そんなことがきっかけになったのか、しばらくして、ぎぼしの家は引き払った。双児の弟と兄も、そして、正夫は率先して荷物運びをした。またしても、お祭り騒ぎ。こんどこそ本当の祭りにしたい、と弱気の秋子は祈り、縋る気持である。真実とは、嘘をつかないで生きるとは……。考えても考えても、秋子の頭では堂々めぐりするばかりなのだ。そして、またも、新たに秋子の居直り人生が始まる。

決意して出たのにまた戻る。奥さんは先生を捨てて逃げた人だ。どの面下げて秋子は高い敷居を跨いだのか。

秋子の口の中の穴ぼこは、いつの間にならされて入れ歯が乗せられるようになっていたのだろうか。

正夫にとっても秋子にとっても元の鞘に収まる第一歩の仕事は秋子の義歯を作ることから始まった。義歯が作れる段階に入っているとは正夫の判断である。

正夫は歯科医師で秋子は患者である。治療台の上でのやりとりは、たとえ一本だとしてもそれを生かす、生かしきるのが俺の仕事だ。それを受けて秋子は必死である。入れ歯を作るなら、どうせ作ってもらうなら、総入れ歯にしたい。生き残りの一本がまたどう悪さをするか、あの痛みは二度と繰り返したくないんです。レントゲンで見る限りは健康な歯だ、生きているのを殺すことだぞ、俺には出来ない、治療するのが俺の仕事だからな。正夫は突っぱねる。残されたのは犬歯、その一本がいつ騒ぎだすか安閑としていられない秋子である。素人ながら、一本だけで、総入れ歯と同じ数の歯たちを支えるというか向きあっていくなど、いつまでも続かないことぐらいわかる。力尽きてまた、改めて作り直してもらうことになる。再びこの治療台に乗るとか正夫を煩わせるなど考えられない。一度こっきりだと思うからこそのある決断なのだから。ただ、あの悪夢から解放されたい。これで終りにしたいのだ。正夫の歯科医師としての意気込みと誠実さ、誇りというものに、打たれもしたが、秋子は粘りに粘る。最後の生き残り、健康な一本を葬ってもらう。

かくて、総入れ歯は実現した。三十代の終りで、秋子三十九歳だった。久し振りにふがふがでない声を出す。マスクは外された。すぼみきっていた顔はそれでも頬に肉がつき、人工的で秋子の顔ではないが、それにも慣れていこう。心まで人工的にはならぬことだ。

正夫と秋子も互いに健気に振る舞っていた。子供たちを前に立て、修復するに余念がなかったといえる。

気がつくといつの間にか鴨居にぶら下がっている半紙の束、最初は一枚から始まった禁酒。禁煙。断酒。次々新しい日付けが加えられ厚みを増していくに従って、修復不可能を予感させる重みとなる。守れなかったからの、反省を込めた正夫自身の決意も虚しいそれを、言葉なく眺め、秋子は、どんな方法をとればこの家から去れるのか、ということばかりを考え始めていた。その前に断酒の会に入ったり、その道のドクターに相談したものの、本人を除いてかかっていては、手も足も出ないと知る。酒を絶つため効を奏するものはもう何もない。本人に内緒で薬を飲ますわけにもいかない。

秋子は何度も羨望の眼差しを送る。階段の所にある剥き出しの梁に。あそこからぶら下がってやろうと、決めていた。舌を出してあっかんべもするだろう。こうして、どこでと場所が決まっても、いつ、が、決まらない。しかし、その用意を怠らない。他にも考える。なんでもやってみせられる。事故の振りして、車の下敷きになろう、とか、踏み切りの所に立てば、押されるように飛び込む態勢になる。が、そんなとき、必ず秋子の手の中に子供の手がある。子供は何をキャッチするのか秋子の腰にしがみつく。精神病院に入ってしまおう、どうせ狂っている、狂う真似をするまでもない。といって子供の将来に翳さすようなことは所詮できない。八方塞がりだ。突破口がない。

酒乱で暴れているとき、それを見る子供の目に脅えるだけでない憎しみが混じっているのに気がついた。以前と違って体力もついてきた。早く手を打たなければ。事が起きてしまわぬうちに。子供の上に見たものは秋子自身そのものでもある。

家の前に川が流れている。石垣になっていて水際まで降りられるようになっている。その水際で、秋子は日記の束を燃やす。積み重ねたら、秋子の背丈と同じ。ハードカバーの日記たち。何時読んだのか、飲んで荒れた昨夜のこと、読ませて頂きましたとも、俺に読ませたくて書いてるのか……。正夫の口から吐かれたそれに息が止まる。秋子が日記を書いていることなど知るはずはない、と思っていた。どこでどうして……日記すべてが穢れてしまった。命より大事とは言わないが、いや、秋子には命そのものなのだ。それを……もう、灰にしてしまうほかない。秋子は秋子自身を葬った。べりべりばりばり引き裂いて、燃えろ燃えろ。悶え、苦しみ、炎の中を、踊りながら字たちは消えていった。みんなみんな地獄に耐えて灰になった。秋子そのものが、黙っていても川の流れに運ばれていった。秋子は消えた。死んだ。ずっと昔にも同じことをしたような……そうだ昔をなぞったのだ。一度あることは二度ある。しかし、この作業はいうならば、生きるための原動力にも繋がっているということを、秋子は無意識の中で知っている。

どうとでもなれ。その土地を離れた。子供四人と。安全地帯へ。といえるかどうか、子供の後は追ってくるだろう正夫、安全などどこにもない。秋子一人だけが、戸籍から抜けた。ひとりの戸籍を作る。成人するまではわたしが必要とされていると思うので預かっているだけです。あなたは四人の子の親です。

盆と暮から正月にかけては泊りがけで父親のところへ子供たちを揃って送った。子供が四人でよかった。束ねれば強いし、安心だ。秋子はひとりの正月にも慣れた。正夫には正夫の論法があって、てなし子と世間さまに思われては子供が可哀想だ、と折をみては子供を訪ねてくる。正式に離婚しているのに、遠い所に住むようになったのに。

子供たちを置いて入れ替わりに秋子が姿を消すわけにもいかない。秋子の家なのだから日記に類するものはそこここにある。窮屈な彼との生活から離れた自由、内臓を曝してるのと同じ暮らしぶり。突如訪ねてくるのだから急に隠しようもない。子供たちを置いてどこかに行く……そんな所があるわけもない秋子である。離婚しても新たな苦悩が続くことになる。

四人とも秋子の子であって、彼女の子ではない。誰の子でもない。成人すれば社会の子……それまでが、秋子の役割なのだ。意図したわけではないのに正夫は自動的に親権者になっていた。責任感のある人で子供の教育費生活費を成人する十八歳まで欠かすことはなかった。秋子にとってこれは予想外のことで自分だけの手で育ててみせる、の気概を持ちながら、救われて生きることが出来た。

秋子の実家のことは双児の一人が教師となり母を扶養家族にした。兄は若くして癌を患い逝ってしまった。知恵遅れで一生を終えた兄のことを思うにつけ、この世に生を受けるということは一体何なんだろうと、秋子はいつまでも考えていく……宿題となった。

秋子は今七十歳、口の中には正夫の作った入れ歯が未だに健在、鎮座している。入れ歯は大体二、三年で作り変えないと合わなくなるものだ。顎の衰え、土手の衰退、それが当り前なのに、すでに一身同体の契約を結んだからなのか、協力体制が守られ秋子と共に歩んできた。秋子にはなくてはならない伴侶になっている。とにかく、秋子はあれきりどこの歯科医院の戸をも叩いていない。三十年も長持ちするなど稀有なことだ。正夫の腕は素晴らしいという証明だ。子供たちの父親として誇りを持てる仕合せが口の中にある。

そう言えば、四人を連れてあの町を出たずっとあとで知ったことだが、あのぎぼしの家は火事にあって消失した。その火災の時、弟が町の噂を拾ってきての話だが、姉ちゃんが引越していく前にあそこで殺人事件があったという。まさか知ってたら越していかなかったよな、狭い町でも知らないこともあるんだね。俺たちも引越し手伝わなかったろう、何事もなくてよかったよ、と。耳を塞ぎたかった。が、秋子は聞いてしまった。引越したときの情景をまざまざと彼女は思い出す。あの牛乳屋の興味しんしんとした振る舞い。あのとき、なにを話したかったのだろう。事件があった後、野次馬で現場を見にきていたのかも知れない。だから、家の中まで覗き込んで、きれいにしてしまうものだと、感心して見せたのだ。一人で起きていての夜中の、あのぞくっとした感じ……。歯が抜けていった原因……。罰を受けに行ったぎぼしの家だったのだ。みんな頷ける。ぎぼしが異常だったことや芭蕉もただならなかったことなど。秋子の歯が、せめてもの子供たちの防波堤になって過ごした時期だったのかも知れない。などと、怖々回想する彼女だった。

今こうしていられること、無事にみな健康で過ぎてきたことにこそ不思議な感動を覚える。知らずして、あれを乗り越え、ほかのことも、なんとか切り抜けた時代があってこその今なのだということを秋子は強く思う。それを思えば何があろうと何があったにせよ、満更ではない人生を生かさせてもらったと思えるのだった。

今の世界、この世界の先にもまったくの別世界があるということを教えてもくれた、と秋子は独り頷いていた。ほんとにそう、今こそ別世界に棲んでいるようなものだから……。彼女の口から声まで出ていた。想像だにしていなかった暮らしをしていることにも気がつく。別に贅沢三昧の暮らしでもないし豊かでもない。人の羨むというものでもないが、自分自身で納得した生きかたをしている。心だけは豊かだ。どこを押しても充実しているというか、この実りを迎えるために、どうしても通り過ぎなければならなかった道のりだとしか今の秋子には思えない。あれらのことは、単なる通過儀礼だったのだ。

眼前に横たわっていたもの……遠く遠く先まで続く細い道。ここはどこの細道じゃ、行きはよいよい帰りは怖い、怖いながらも通りゃんせ、通りゃんせ。怖いながらも通った。行きはよいよいではなかった。違えられた言葉に異を唱えるでもなく、何かの定めに従うように、いや、いやでも押され、曳かれて細く長い道のりを秋子は子らの手を繋ぎ、数珠繋ぎに連なって、たどたどしく自信なげにこづかれながら通過した遠い日を思い出す。

今度は川にさしかかる。往路なのだろうか、復路なのだろうか。大きな川があって流れは急流であって濁流だ。向こう岸は遥か彼方でおぼろにでも見えるだろうか。どうやって渡ろう。どうやって渡ってこられたろう。信じられない、と首を振りながら、濁流を眺め、茫然としているずぶ濡れ泥まみれの姿の老女がいる。泳いできた方を、波立っている川を振り返って肩で大きな息をしている。

老女がそこに見たものは、逆巻く怒濤の中の四人の我が子。そして、若き日の老女自身である。四人の子を引き連れて離婚したときの有様がふつふつと蘇る。四人の子供と飛び込んだ。岸を離れた。あっぷあっぷした。何度溺れそうになったろう。沈んでは浮かび喘ぎ、それぞれの苦渋の顔を互いに見ての命からがらの脱出行だった。それぞれ泳ぎ切った。それぞれの泳ぎ方でそれぞれの岸、目指す岸に辿りつきそれぞれにそこで根をおろした。

老女は大地を踏みしめ、その濁流をじっと眺めて立っている。老女はふと後ろを振り返る。誰かの手によって振り向かせられた。豊かな大地が恵みに満ちて開かれているではないか。何とまあ、老女は瞠目する。肥えた土壌の上に老樹も若い木々も、芽吹きのときを迎え、いっせいにさまざまな色の緑を枝先から吹き出している。放出する勢いは限りなく天空に向かって、伸びていこうとしている。

よく見ると木々の根方のひとつに卵が一個忘れられたように置かれている。いつまでも孵化しない卵らしい。なんとなくその卵は秋子自身であるような気がする。もし孵化したら、どんな鳥になるのやら。一番先に見るものは、伸びいく若木の枝先の萌えいずる若芽だろう。

おや、この木は小さい、孫木だ。あそこにもここにも……。世代交替の木々の耀き。それをしっかり目に捉えたあと、自由な空気、新鮮な空気をいっぱい吸って空に羽ばたいていくのだろうか。

老女は青い空を仰ぐ。幻ではない、鳥が飛び魚が泳いでいる。老女の秋子自身と兄もいるではないか……。魚になって青い空を泳ぎたいなどと思ったのはいつのことだったか……。ずっとずっと昔のこと、兄と秋子は双児の弟の赤子をそれぞれに背にしていた時期があった。秋子は小粒の女の子だった。それよりもっと小さかった兄は、秋子の補佐役だった。秋子の真似をしてついて歩いた。当時の救いは、青い空を仰ぎ見ることだった。秋子が空を見れば兄も真似して空を見る。背に貼り付いた赤子の二人も空を仰ぐ仕組みになる。にい、しい、むう、やあ、八つの瞳が空を見る。

秋子はその頃、自分の存在を呪っていたろうか。居場所がないのだと思っていた。どこにもいたくない心を持て余し、空ばかり仰いでいた。

あそこに浮いてお魚みたいに泳ぎたい。何も望みはしない。空で魚みたいに泳ぎたいだけ……。

魚と鳥の違いは……。

鴉なぜ泣く

第一章　葬　い

こういう話は、単刀直入っていうか、きっぱり話すほかあんめなぁ。

誰にも話したくない、口にしたくない。それで死んでいけたら、どんなにいいかしら。それが一番ですよね。と、その婆さまは、なんか秘密を抱えていたのかねぇ、独りでは耐えられないって面持ちで、ぐっとこらえていただよ。持て余しているものを口に出来ないっていうのは辛いことだべぇ。見ず知らずのおらによ。ふっと、それだけのこと洩らしてしまうだから、よっぽどだったんだわな。墓場まで持っていけって話もあるが、持っていけねぇ話もあるだわなぁ。

いつか、その話っていうのを話したいときが来て、おらさに話すときでもあんのかと思っていただども、そんな日もこんうちに消えちまったなぁ。

ふんとに、この世からいなくなっちまった。その前に、ここでもう一度くらい、あの婆さまに逢えるのかと思っていただによ。んでもまあ、互いに、いつおっちんでもおかしくない年にはなってたわなぁ。

おらは、この小さな公園のすぐ隣に住んでいやす。といっても、この年で独りで置いておくわけにもいかないのだという息子の言い分で、茨城の田舎から、ここに連れてこられただから、住んでいると言ってもなぁ。それに、まだ間もないだよ。いまさら、居候さまになるとは思ってなかったで、おら、居場所なくてよ、日がな一日、この公園のベンチに来てんのよ。少しでもよ。自然の空気と木や草に近いしな。草抜きでもしていれば気もまぎれるでな。

この公園には、入り口が二つあってな、入り口近くにベンチがひとつずつあって、おらぁこっちのベンチ、その婆さまは、おらほど長いこと公園にいるわけじゃないけんど、あっちのベンチにいつも坐っていただ。始めは遠慮していただども、だまくらこけてんのもよ、バツがわるいべさ。んで、おらぁ近づいて行っただ。声もかけただ。

あのう、いつも紙切れ出して、何か書いてっからよ。お絵かきでもしてなさんのかと思ってね、って、話しかけたら、
いいえ、ただのいたずら書きで……って。それを、手提げにしまいこんで、どうぞ、お坐りになってくださいって、ハンカチでベンチを拭ってくれてな。

それが縁というものなんだべ、お喋りするようになって、そんでも、口数の少ない人で、

おらの方が勝手にぺらぺらやってただ。何回逢ったただっけか。どこへ帰っていくのかもろくに知らないうちになぁ。こんどこそ、聞いてみっぺと思ってただによ。

何日かは待ってみたさ、けんど、おらには、わかっただよ。あの婆さまは逝ってしまったんだと。いんや、もしかしたら、あんとき、もう、すでに、この世にはいなかったのかもしんねぇなぁ。おらみたいなもんにも、近づきたくなる何かが……あって、死に切れないと言うか、ほら、心残りがあると、昔から、幽霊になって出るって話があるくらいだからな、八十も過ぎれば、そんなことも信じられるだよ。

この世界でよ、人数にしてみりゃ、生きてるものより死んでる数のほうが多いはずだから、そうだべそりゃあ、累々と死が重なっている上に、おらだば乗っかって生きてるんだべ。死の繋がりの、その一番先端によ。次には死ぬって約束でよ。見えなくっとも魂ってのが、そんじょそこらにうようよっていうか、ふわふわって、ところせましと、ぎっしりつまってんでねぇかと、んだから、おらんとこばかりでなく、だれにもかれにも、まわりにも、死人っていうか、魂だわな、その魂がせめぎあって、まとわりついているってわけよ、空気みたいに。割合からいっても、そういうことになるっぺさ。魂つうは、老いも若きも、男でも女でも、この世で長く生きたもんも、早くに死んだ者も、この世に生まれ損なった者も、いろんな生き方、死に方あんだども、みんな平等、公平なだべ。それが、魂の平安てもので、ただ、そこに辿り着くまでのなにかはあっぺ、と、おら思うだ。あの婆さまもおらも、その中間にいる気するだよ。それが、あの婆さまとおらの共通点というところだべ。

死が近くなってくるというか、死んですぐの頃っていうかには、それが敏感に感じられるのよ、あの婆さまとおらは、それが鏡みたいに、瓜二つになってわかっていたでねぇかな。磁石みたいなもんだべ、たがいの心がわかって近づきあえるというような。んだなぁ、妙に懐かしいというか、まるで、自分自身に逢ったような気がしたもんだ。よっく考えてみたら、ありゃ、自分自身であったかもしんねなぁ。

あの婆さまだか、おらだったのかが、この世によ、いまだ心に残すことあって、ちょっと出てきて、その用をすませただな。きっとよ。いんや、すませてないだから、こんなふうに揺れてるだべ。

そのあとおかしなことがあったのが、その証拠だよ。

気がついたら、いつも、婆さまが坐るそのベンチに風呂敷包みがぽつんと置いてあるのを見つけただよ。こりゃ、婆さまの身代わりだ、変身しただわ、という直感だな。そんで、おらぁ、つい、おやらい、って言って、その風呂敷包みに抱きつくような恰好してしまってなぁ。ちょっとばかり、気恥ずかしかったで、まわりばそっと見てしまった。人っ子一人いなかったで、胸撫で下ろしたわ。猫の子もいなかったわ。

持ち重りのする包みでよ。そこに置いたままにしても置けないべさ。うんとこしょのどっこいっしょ。おらぁ、まるで、その婆さまを抱きかかえるみたいにして、うちへ持って帰っただ。

風呂敷は木綿の藍染めでよ。それ解いてみると、また風呂敷で包んであるだ、よく冠婚葬祭のときに引き出物など包んでくれる、ありふれた風呂敷でよ。忌引きに使う紫と白の風呂敷で、それ解いたら今度は祝い事に使う紅白の風呂敷、それ開いてみたら、半紙の束でよ。筆で書いたものびっしりで、びっくらこけてしまったども、どこぞに返していいかもわかんねぇし、考えてもわからんことだから、ひとまず、お預かりっていうことで……。

んで、まだ続きがありますで。

その婆さま、やっぱり公園に来よります。おらがの目が霞み始めて見えないのを知ってしまったんだべ。こりゃあ、相手を間違えたとでも思ったんだべ。その半紙の束を開きもしない、読もうともしないで放ってあるのを、気に病んだわけだべ。霞んで駄目になった目使う気いしないだ。そんなおらに、はっぱかけにきただな、そんでまた、公園にやって来ただわ。今度は、おらが坐るベンチにだわ。遠慮してるのか端っこに、少しばかり腰落としてるだけなのよ、その恰好見て、おらぁ、見抜いただ。んで、風呂敷包み抱えてきて、どすんと真ん中に置いてみただ。

そしたら、婆さま坐りなおしてなぁ。

大体、この婆さまおらに見えても他の人には、きっと見えないだわ。なにしろ、今度は透き通ってるのよ。それでも心もとないってものじゃない、なにやら芯がしっかりしているというか、あまり使ったことねぇ言葉だども、凛としているというんだべなぁ、こっちまで襟正して、つい、坐り直してしまっただよ。

そんで、風呂敷包みを真ん中にして、互いに丁寧に頭下げてから、にんまりしたってわけよ。

すっかり理解しあえたみたいに、ほっとして、やわらいだ気持になっただよ。

その日は、そこまでで終わっただ。雨もぱらついてきたし、濡れてはなんねぇと風呂敷抱き抱えると、おらぁには、その婆さまを大切に抱え込んでいる気しただよ。

雨が続いて、しばらく婆さまには、逢えんかった。

書いたり読んだりはとんと駄目だけんどな。たまにはテレビは見るだ、テレビは光るから見えるだ。見えない放射線の話でな、福島の坊さんが、放射能は見えないから余計怖い、不安も大きく深い、避難すればすむってわけでない。おら、広島や長崎思い出して、あとあとのこともあっぺさ、怒りに震えただ。そして、そこから生じる痛ましい問題、天災、人災重なって思いもかけないこととの出遭いに、人の運命も他愛なく変えられてしまうってな。おらぁ、今度の東北の震災のこと考えると、なんでおらぁはそこにいなかったんだべ、なんかの事情でそこにいたっておかしくなかっただに……って、すんません、って気になるのよ。気いつくと、東北に向かって頭下げてんだわ。

昔々のことだけんど、広島と長崎に原爆落されたことでよ、敗戦になっただ。おら、まんだ子供だったども、よっく覚えてるだ。原爆の恐ろしさや被害を知るのは、大分あとになってから原爆作家の原民喜とか大田洋子の書かれたものを読んだことでだったけが。それから、何年もしないでアメリカは原爆よりも、もっとおっそろしい水爆実験を南方の海で実験するつうだ。おら、おったまげただ。あれだけの人を殺して犠牲者出しておきながらかい？　って、腹立って、血気盛んな年頃になってもいただな、新聞に投書しただ。おら、その実験する南方の海さ行って舟浮かべて水爆反対するってな。おら、死んでもいい覚悟だった。実験を阻止することができるならって、本気だっただ。初めて怒りの文章ば書いて、投書なんつうも初めてで。それが、新聞に載っただ。年端もいかないおらの怒りは届いただ。んだけど、それきりなだわ、なんも変わらんかった。急に、そんなこと思い出しただども、福島の原発の酷さにも震えがくる怒りなだ。あとあとまでの後遺症もあっぺさ。年は取ったけんども、怒りっていうは湧いてきて我慢なんねぇもんだな。

その話とはずれっちまうけんどもよ、その坊さんは小説書いてるでよ、その人の話を聴いてて、おらぁ、あの婆さんのことの大概がわかったというか、あの婆さんが、おらぁに、わかって欲しいっていうか、そんな気持がわかった気になれたでよ。というのは、書くっていうことは、その書いてる時間に、もにゃもにゃやってるわけで、普通に考えているときより、深い思いになれて、多分ほかのことやってるときよりも、ほっとするのだと言うようなこと言ってただな。ほんで、あの婆さんは、そういう趣味を持った人でもあったし、どうでも書かなきゃなんねぇものがあったんだとな。そういうわけよ。

それと、書くっていうことは、供養してるようなものだとも、その作家さんは語ってただ。んで、おらには、この重い半紙の束は供養塔なんでねぇか、ってな。

あの婆さまが思わず、にんまり笑ったことがよう、意味あるんでねぇかな、と思えてよ。つまり、魂鎮めでもあっぺ。

あの婆さま、この世に供養塔ぶっ立てただわ。それを、折角作り上げただによ、残すか、自分と共に灰にしてしまうか。つまりよ、あの世に持っていくか、と考えあぐねて、どっちつかずだったもんで、揺らいだまま、きっぱりしないこんな形になった。尾を引いたっていうことかな。揺れていれば透き通ってもくるわな。そんな運命辿るしかないわけかいな。あの婆さんは。

ここまでだ、このおらが考えられたことは。あの婆さま、目利きかもしれんよ、こんなおらに近づいてきたんだかんな。

人の役に立つつうか認められるつうは、幾つになってもうれしいもんだわ、心若やいでわくわく弾んだ気になってきただよ。

そうなると面白いもんで、覚悟っていうだかもついてきて、ようし、やったるでって、自分がしゃんとしてくるのが感じられてなぁ。体中の細胞がよ、立ち上がって応援の旗ば振ってる気いさえするだ。

これは、飛び切り、いい気持のもんでよ。おら、もしかして、生まれ変わるっていうのを、今、経験してるのかなって、気分でよ。

せいぜい、あの婆さまの力になってやんなきゃなんめぇ。これでもよ、老いたからこそ、今までわかんなかったことがわかるという役得がめぐってきたってわけだ。少しは今までよりましな頭になってきた気いするで、脳味噌は使っても使っても減らないそうだ。それに、幾つになっても、どんなに年を取っても、鍛えていけるつうか、鍛えればよくなる、つまり、頭脳を育てるに年齢は関係ない、老いたらなんでも衰えるとは限らない、使えば使うほど丈夫になり質もよくなるつうことだべ。とあらば、おら、誰かれのでも、成長みるの好きだで、それが自分もなんとかなりそうとあらば、なおのことだ。それを選ぶだ。

見ず知らずだっていい、これだけ、気持が接近してるだから、もう、ほっとけないべ。あの姿さまと逢うべくして逢ったんだ、おらが、ここへ連れて来られて、公園さ居場所構えてしまったことも、用意されていたみたいなもんじゃないかぇ。

老いてから、友だちができるなんて、なんと嬉しいことだべ。この年までには大体が、みんな死んでしまうだし、別れが当たり前だというによ。

おらが、老人特有の気鬱症になんねぇのは、思えば、あの風呂敷包みのせいかもしれんなぁ。あれだけのもんが、今までなかったところに、毎日あるってことが、問題だ。その存在してるってことがよ。

別に、大きな顔してそこにいるってわけではねぇだ。ただ、なんつうか、ただの包みではないって気いはするだ。おらが寝てるとこの壁際にその包みが置いてあるだども、夜具にもぐりこんで、横にあるそれ眺めているうちに、多分寝てしまうだな。けんども、夢うつつなのやら、寝る前の、うとうとのときやら、はっきりしないだども、その風呂敷からあったかい息遣いめいたものが伝わってきて、おら、それに包み込まれて、あったかくもなるし、ふんとに心地いいような気分にもなるだ。催眠術なんてどんなものかも、おらしんないだども、どうもそんなものにかかっちまってよ、おらいい気分でなんか喋ってるだ。そのうち、風呂敷の中からも声なだべ、もにゃもにゃ聞こえてくるだな。そのうち、ふんとに寝てしまうのか、自分のしゃべくったことも、何かきいたことも、なぁんも覚えてないだわ。そんなことが、あったのか、なかったことさえもな。

　供養塔ぶったてたあの婆さん、比奈って名前だ。名乗ってもらわねぇのになぜか、おら知ってただ。いつの間にか比奈ちゃんって話しかけるようになっていただ。んだ、寝るときだけの話だがよ。今度、逢ったときは、おらも、櫂ちゃんって呼んでくれ、っていうつもりだ。んだけんど比奈ちゃんと呼んだら、あの婆さん照れて、きっと、比奈ばあにしてください、というに決まってる。そしたら、おらも、せっかく若返るどころか、童心にかえれると思ったに、比奈ばあに倣って、櫂ばあということ承認するしかあんめ。

　んでもよ、どんな塔であれ、塔をおっ立てる終幕の時期に今いるんだということは教わっただ。おらも、ありあまるほど、いろんなことあり過ぎてああだこうだときりがない。いまだそれ背負ってんだわ。塔をおったてて荷ばそこに預ける、つうこと出来るなら、おらもそうすべか。ここまで生きたってことで、みんな洗い流されて清めてくれんならな、そう浄化されるという、ご褒美をもらえる時期に巡り合ったってことならいいけんどよ。いうなら、帳消しという都合よいこと言ってるみたいだな。

　どうも、おららしくないこと言ってるだども、これも、比奈ばあと一緒の空気吸っていたからな。ほれ、あの風呂敷包みは、比奈ばあの分身なだべ。いつも一緒の空気吸って、近くにいるだかんな、そりゃあ染まって不思議はないわなぁ。

そんでよ、おらもなんだか気概が燃え上がってんだからよ。こうなると、人間いつからでも華やげるってわけか、って、ただに、うれしくなるだわ。

それに、あの風呂敷包みとの、寝物語というだかは、まったく霧ん中みてぇに、さっぱり消えちまってるはずだによ、まるで、その霧が晴れて、遠くの景色が見え始めるようによ、だんだん鮮明になってくるつうか、うろ覚えなりに思い出されてくるだわな……ときにはな。

比奈ばあの言うことにゃあ。

っていうわけよ。

比奈ばあは、もそっと若い頃に、というより癌になって片胸になっちまう前には、独りで山登りしてただと。北岳から農取岳に向う途中の、間の岳の稜線歩いてて、暗くなんねぇうちに、今夜泊めてもらう農取小屋に着かねぇと、と、急いでいただと。そんときに、歩いてる足元だなぁ、地面の中から湧いてくるのか、崖の下の方から立ち昇ってくるのか、声とも音とも言えない、ぐにゃぐにゃというか、ぶつぶつでもないけど、何かが煮立ってるようでもあり、いっせいに声にならない声で、呟いてるのか、叫んでいるのか、微かなようで、大きくもあり小さくもありの、不思議な、この世では聞いたことない何かが、比奈ばあの耳にというか、肌に纏わりついて離れず、ずっと、ついてきただと。怖くも何ともなくって、ただ、頷けただと。ああ、死んでしまった母さんも兄貴も、ここにいるんだ、そうかぁ、ここにいたのかぁ……妙に安心した思いだったと。魂の群れつうか、死んだ者が集まる場所に、比奈ばあは迷い込んだかとも思ったと。

んで、夕闇迫るまえに小屋の見えるところへ来て、ほっとして、赤くなった空気で山が染まっていくのを一休みしながら眺めていたら、ブロッケン現象というのを見ただと。まさか、比奈ばあ自身の影が写し出されてるとは思わなかっただども、山と山との間の空気ん中に、胸から上の人の大きな影描かれてよ、その周りが、ふたえ、みえと黄金に重なって耀いただと……空中にだわな、んだ、宙に浮いて。比奈ばあは思わず手を合わせていたと……。まれにこのブロッケン現象に遭うということは、比奈ばあも聞いてはいただども、比奈ばあ自身の影を見るとはな。比奈ばあは山の不思議に二度まで出遭ったわけで、下界ではありえないことが山では起きる……ということに、峻厳な気持になっただと。別世界があるのを信じたと。

耀は、どうにも思い出せない寝る前の風呂敷包みとの他愛ない会話が、こんな具合に、しっかりした形で、一言一句捉えていたことで、妙な気分になりそうだった。

おらぁ、狂ってねぇか……けんど、おらぁも、ほら、こうして、何かが、しっかりしてきただよ。きっと。生き方を変えるってことの、これが、その証明なだべ。と、誇らしくも思えてなぁ。

んだけんど、もひとつ、まだ、ちがうだな。比奈ばあが言ってることは、おら自身が体験したことのような……まるで、そこに同時にいたでねえか、という感じなだよ。

燿は同じベンチに坐っていても、以前とは何か違うのだった。見えないと思えば、たしかに見えないが、まだ失明したわけじゃない、だから、まだ見えているということを感謝し尊重して、それを使い切ることだと気づいたのだ。諦めないってことだっぺさ。そのときが来たらくるまでのことよ。その気になって鼻くっつくばかりで舐めるようにして本を読んでいる。ほら、読めっぺさ。かと思うと、ぱたり、その本を読みさしのまま藍色の風呂敷包みの上に置いて、遠く遠くを見つめている目つきになり、次第に目は虚ろになっていき、顔色までが失せて、ふにゃりと、うな垂れていき、風呂敷包みに置いた本の上に突っ伏してしまうのだった。そうした姿勢は誰が見ても、うたた寝しているように見えるが、声を殺して泣いているのだった。そして、以前の、少し前の自分がどうであったかさえ、もう、思い出せないのだった。燿はこの土地にやってきてから、健忘症になったというか、痴呆になってしまったというか、自分も含めて、家族にもわからないのだった。病院へ行ってみよう、と言われたが、燿は、とんと受けつけなかった。健康でぴんぴんしてるつうになんで医者様へ行く必要などあっかよ、という断固とした拒否をした。それなのに燿自身にもわからない何かが、荒波を蹴立てて押し寄せてくる。その激しさに、もちこたえられず、予兆めいたそれにひれ伏しているのだった。常に、老いるのはいいもんだ、などと太平楽なことを口にしている櫂だが、時として襲われる何かだ。

秋の彼岸も過ぎていった。

比奈ばあと逢ったのは、お盆の頃だったけか。子供が白い帽子やら麦わら帽子かぶって、ブランコに乗っていたのが、今じゃ、長袖着てるし、素足ではなくなった。日差しもやわらいで、と目を細めて、あたりを見回していると、どこからともなく、はらはらと朽ちた葉が舞ってきた。櫂ばあは、ほっほう、と声をあげそれを手で受けようとして、気がついた。隣に、ふんわりとまるで空気そのものになって比奈ばあが坐っているではないか。顔までふんわりとして静かに頭を下げなさるのよ。

思わず、おらぁ、比奈ばあ、って、声が洩れそうになったとき、それより早く、比奈ばあの口から、

櫂さん。って、呼ばれただよ。

おら、呆気にとられて、口をあんぐりしてしまったでねえかな。

ここに、孫はいません。だから、婆はよしましょう。なんともやさしげな声で比奈ばあは

言うだな。

んだなぁ、婆はあまりにも、呼ばれ慣れたでな、比奈さん櫂さんといきやしょう。うれしかったなぁ。ふんとに。名乗らねぇのに、おらの名前ば呼んでくれたでねぇか。櫂婆より、櫂さんだもんな。よっぽど、若返った心地になれてよ。おら、幸せっていう温泉にうんぬまった気分になっちまっただ。比奈さんか……　櫂さんか……ってな。

とにかく、おらには、こうして友だちが健在だっつうことよ。

比奈さん。

櫂さん。

それだけで満たされた気になってよ。じーんと幸せ味わって、黙って顔見合っていただわ。いつまでも、いつまでも。こっくんこっくんって、頷き合ってもいただ。

比奈さが、このベンチに坐っているから、ぼそぼそと囁く声が聞こえるのか、それとも、あのいつもの風呂敷包みの寝物語の声がふわりと今も聞こえているのかと、ぼんやりしながら、どこからともなく薫ってくる金木犀の香りにも、うっとりしていた。そんな櫂の指先が揺れて何かに触れた。微かな馨りの揺らぎに誘われ、比奈さの半紙を紐解こうとしているらしい。

ああ、そうか、櫂は風呂敷の中身に、ついに手を出し始めていたのだ、ということに気がついた。

「子らへの詫び状」（魂鎮め）と書いてあって、それを擢が目にしたとき、比奈の声がした。

これはわたしが書いたのには違いないけれど、こうして、もう、わたしの手を離れてしまったのですから、申しますけど、擢さん、これはあなたに書かされたものです。わたしは擢さんに呼び出されたというか、必要に迫られて創られた登場人物です。分身とでも言いましょうか。

おらには何のことかわからなかった。おかしなことをいう比奈さだと思ったけんど、おらぁ言葉を失ってただ。というより、わかりたくなかっただ。あるときを境に自分が自分でなくなっていくのを感じて、それが妙に小気味よいというか、無責任な快さなだわな。ちちんぷいぷいイタイ痛いはアッチへ飛んで行け！　って小さい子が転んだときなど、そう言って唾をつけて膝を撫でてやったものだが、今はおら自身の掠れた痛みを、自分に向けてちちんぷいぷいとやっている。飛んで行け！　と。心の深いところでの傷までがよ、すうっと消えてしまう気分になれるだよ。そういうことが出来るのを知ってしまった以上、無責任のようだが、もう、もとの自分に戻りたくはないだ……赦されるなら、いや、赦されなくとも、自分はもう、この世から消えてしまったと思いたい。ちちんぷいと、な。保存のキーを押し忘れたどころか取り消しを押し続けたのだから、もうどうしようもない。そう、信じたいだ。気が触れていると思われようが、もう、どう生きたってもいい、どう変貌しようが自分自身でも、わからない、と、強気なだな。実際、生きてるのか死んでるのかさえ、今となっては見当がつかなくなってしもうた。

比奈さは、それきり黙ってるだね。きっと、おらの妙な葛藤というのだかを眺めていただわ。んでも、まだ、なんか言ってくれるべと思って、おら待ってただ。だども、気がついたら比奈さのすがた形が消えていた。

こりゃあ、いい。いいもんだ。

おらぁ、思わず手ば叩いていた。痛快な気分になっただよ。

おお、比奈さよ、おめえは自由でいいな、人の思惑など関係なく、振舞えるだからよ。

おらなんか、なんだかだ言ってみたって、やっぱりここさいるしかないだからよ。

おら、比奈さのその勝手気ままさが羨ましいでよ。

って、思わず結構な、大声出していただかなぁ。

おらぁは、なんだかだほざいているけんどよ、実際は消えたくとも消えられない地点にいるだから。この世に、いてもいなくてもよいような情けない姿を曝してるってわけだからよ。

んでも、気がついたら、おら何かに包まれてほっとしているだ。んで、隣に比奈さもいるだ。半透明の姿でよ。互いに頷きあってよ、なんとまあ、風呂敷の中にいるだ。いうならば、風呂敷つうは、どっちつかずの定まんねぇものが入れられる所なだべ。そこの仮の住人になったってことだ。何しろ人間生きてるってことは、それぞれにみんなトラウマ引っ担いでいるべっさ。多かれ少なかれ居場所があるようでないようで、おろおろしてっぺ。やんわり包まれて欲しいなっていう願望つうも、ちょっぴりは抱いてるべ。それが風呂敷つうもののあったかさがよ、手ば差し伸べてくれたってことだべ。風呂敷はよ、自分に叶ってることだけをしてるだべ。それを面白がってくれる者がいれば嬉しがって幾重にもくるみこみたくもなるわな。

比奈さの声がした。

わたしは緑内障でしてね。読んだり書いたりは、もう、無理だったんです。緑内障も進んでくると、欠落部分が多くなり、半分失明に近いんです。ですから、いろいろ工夫したあげく筆で大きく書くことにしたんです。ですから、字は下手ですけど、大きいだけに、読みいいはずです。

目がこれほど悪くなる前は、パソコン使っていたんです。文字を打つだけのワープロとしての使い方でしたけど。画面の明るいのが助かりました。でも、所詮、文明の利器なんです。勿論、わたしの無知な使い方が悪いんですけど、書いたものが消えちゃって戻ってこなかったり、あれやこれやトラブルが多すぎて、失意、失望、諦めなどを舐め尽くしました。つまり、使いこなせず手に負えなくなって、筆で書くことに戻りました。といっても、昔は広告用紙の裏に鉛筆でしたけど、今となっては目は覚束ないし、腱鞘炎やら乳癌の後遺症で、思うように腕と手が使えなくなって、でも、努力すれば筆だけは使えると判明しました。しみじみ昔ながらの書き方のよさに、改めて触れることが出来ました。さんざん文明の利器にお世話になっていながら、自分の都合次第で、勝手な言い分で自分をまるめこむんですから、人間って、本当にしょうがないもんですね。

耀は、比奈さの、ろくに見えなくなってしまった話をきいて、霞んでもぼやけて見える目とか、まだらになって見えにくいとか、いろんな見えなくなるなりかたがあるもんだと、しいんとしてしまう。そして、耀は、まだ自分は見えるのだという自信に繋げる。目ばかりでなく耳も地獄耳のようなものだと。比奈さのかぼそいというか、この世のものでないような、多分、他の人には聞き取れない、それを、ちゃんと聞き取っているのだから。

比奈さとおらぁは、もう、ここが終の棲家なだべか。それに、ここはおらたちの共同作業場のようなものなだべ。これからずっと、比奈さといられるなんてよ。

比奈と耀は、こっくんこっくんと頷きあった。比奈のあどけないような顔がすぐ前にありながら、雲の向こうにいるような感触。二人とも薄いベールにくるまれているのだった。声ともいえない、櫂にだけわかる比奈さの声は相変わらずだった。そして、大きな字は、櫂に向けて心を砕いてくれたということが伝わってくるのだった。

共同作業の（魂鎮め）に戻らねばなんねぇ。

「子らへの詫び状」櫂に書かされたと言い、櫂が読みやすいように大きく書いた、と言いながらある覚悟と諦めなのか……。しずかに比奈が音読し始めた。風呂敷の世界は儚く、透き通る独特な比奈の声に相応しい……。

今日という今、口にしなかったら永久に口を閉ざしたまま、あの世に逝くことになる。それは赦されまい。死に切れまい。罰を負ったままでは、あの世へ行く切符も手に入れられまい。

この告白のきっかけを作ったのは、今朝、見た夢だ。五十も半ばだという長男が、小学生の童子に戻っていた。夢の話など取るに足らないといわれても致し方ないが、比奈は夢など見ることもないから、大いなる示唆なのだろうと、受け取る。しかも、その幼い男の子が、一粒の涙を流して、この母親の比奈の顔を見ていたのだ。何か比奈に言いたいことがあるに違いない。いや、促しなのだ。母さん、今を失したら後がないよ、と。

この長男は幼いときから頼りになる子で小学生の頃から、離婚しようと思うけどとか、みんなで夜逃げするしかないかしら、もう、限界越えてるもの。でも、やっぱりお父さん可哀相よねぇ、酒乱でないときはいい人でやさしいのだし。まあ、家より外面でだけだけどね。と言いながら彼は本気になって、母の比奈と悩みを共にし心配をして、弟妹たちの将来のことを考えてくれた。子供のときから父親代わりと夫代わりだった。比奈はどんなに支えられてきたことか。比奈には父親という人も夫という人も、居ながらにして空白だったのだ。この長男なくしては、あれらを越えてこられなかったろう。近くにいる実家の母親にも、自分たちの家の実情を話せなかった。共に暮らさなければわからないことを相談のしようもなかった。たとえ子供たちの祖母だろうと、子供のために哀れがられたくない思いと、人の知らない夫の姿を披瀝するのは屈辱だった。比奈にプライドなどというものがあったのやらないのやら知らないが、意地みたいになっていたろうか。みっともなくて他者に訴えようもなかった。だからといって、年端もいかない子に相談するなどとは。それでも母親面をしていられたのか。そんな滑稽な愚行を重ねても、一所懸命に生きたと言えるのか。

今日は子供たちの父親が死んでの弔いの日。比奈は子供に向けてすまないと思っているだけで、ただ、こうしてじっとしているだけだ。四人の子供が、どんな思いで今日の日を迎え、葬儀の席にいるのだろう。

酒乱の父親がトイレに行った折、ふらつく自分を支えるために冷蔵庫の取っ手をでも掴んだろうか、それが仇になり冷蔵庫の下敷きになってしまった。訪れる人がいなかったら、下半身は壊死するところだった。そこまでに至らぬうちに救急車で病院に運ばれた。が、そのまま入院。下敷きになった手当てはともかく、酒を絶たれたことで禁断症状を味わうことになる。アルコール中毒も重症で精神障害もあるから、と、精神病院に転院させられてしまう。昔の怪我の方は打撲ぐらいですんだ。子供の父親光二は、かつて、精神病院を忌み嫌った。昔の人は多かれ少なかれあそこへ入れられたらお終いだと、遠巻きにして病院をよけて通ったものだ。その人光二が妄想と妄言の虜になり、わが子を泥棒呼ばわりしたあげく、あいつです、あいつが俺を殺しに来た、と、喚いて、騒いでしまったのだ。公衆の面前でということになる。これまでにしろ、家の中では、それに類したことは当たり前の現象だったが。酒飲みを夫や父親に持てば、そんなものかと家族が味わってきたことは、誰の手にも負えない行為だったらしい。精神病院に回される前、看護師も助手も手がつけられず患者まで一緒になって、呰を作り光二の狼藉から身を守ったとか。

思えば、それが日常茶飯事の家庭の歴史。子も妻もひたすら光二から逃げ回ることだった。

転院した先ではベッドに括りつけられ、光二は注射で大人しくさせられてしまう。

暴れ狂う父親を背負ったりの尋常でない体力を使っての介護は、中年になった子供たちの腰痛、膝痛を起こし後遺症を引き継いだ。初めて人の目に曝した父親の姿だ。離婚して、父親のことは子供任せになっている比奈にとっては、いまだに続いているそれらの現象は、想像するだけでも申しわけなくて息が詰まる。

そのまま、とうとう家には戻れず、腸閉塞やら肺炎を繰り返した。それまでは実に頑健な人であったのに。光二の身になってみれば、思いもかけない壮絶なる孤独地獄の中にいたことになる。晩年になるほどに、ますます子供を疎ましく思い、さらに嫌い、憎しみと冷ややかさに満ちた目でのベッド生活を送って天に召されていった。

どんな思いでこの日に立ち会っているのだろう。一人の人間、父親の終焉を、どう捉えているのだろう。四人の子供たちにとって肉親の死は初めてなのだ。

比奈は暖を入れてない炬燵に足を入れ、そんなことを考えていたろうか。子供たち、といっても五十代を半ばにした長男を筆頭に、四十代半ばが末っ子でといういっぱしの社会人だから、それぞれが持つであろう感慨などを母親比奈が忖度することでもない。

比奈はいつの間にか、回想に引き込まれてしまったろうか。

光二と共にいるときは、なんとも理不尽なことばかりでわけがわからなかった。いうならば荒涼とした広漠の風景の中を、砂塵の嵐に巻き込まれ、一寸先も見えないまま子供たちと手を探り確かめ合いながら這いずり回っていたのではないか。そんな図が固定され、にっちもさっちもいかなかった時代だった。それでも日常という重なりの生活はある。容赦ないものとして毎日やってくる。人は毎日食べる。育ち盛りの子供たちに休みはない。当たり前のことが、すごい芸当のいることで、笑っちゃいたくて笑えないようなエネルギーの使い方で暮らしていた。まっとうなことが、どうにもまっとうではなかった生活だった。

おれは常に被害者だと光二は言う。家族だというのに被害者だ加害者だという捉え方をする意味がわからない。これまでの比奈の生活に、その言葉は存在していなかった。生まれての子が無心に笑うとき、光二は俺を馬鹿にしてるようで気に入らないという。ご機嫌わるくむずかり泣くときは、喧しいッ、俺の勉強の邪魔する気かッ、と喚く。それらすべてが光二の被害者意識を刺激するらしい。子供を手なずけるのが巧みなお前はどいつもこいつも味方にしてしまう。子供とぐるになって俺をコケにしやがる、とも言う。身の処し方がわからない比奈は比奈で途方にくれた上、繰り返し言われているうちに洗脳でもされてしまうのか、そんな気にさせられ、加害者としての罪意識を募らせるばかり。光二は目の前の存在そのものが、目障りで癪の種で、不快とか憤慨の種になる。ただ、ご機嫌のよいときは、訥弁ながら雄弁になる。穏やかな食事どきはうれしい。その平穏平和にほっとしている家族の顔が少しでも長くありますように。空気が変わっていくのを敏感に察知した子供の顔は脅えに変わる。各自のお喋りは止められ、彼の言い分を平身低頭して聞かされる。何かの落ち度を見つけ、物を投げ始めませんように、テーブルを引っくり返しませんように、と祈る思い。一歩間違えば酒乱に直結。大体が間違いなどなくとも、酒乱に直結していった。そのような日常。その中で、何とか生きている者を、生き延びさせることのみに比奈は腐心する。食べさせ、育てていく誰しもがやっていることが至難だった。子供たちと、その父親との日々は言葉で表現しにくい。

比奈の夫光二は、浪人中に結婚、歯科医になるべくの学生で留年もしていた。比奈の背には老いた母と知恵遅れの兄、弟妹五人が括られていた。いわば比奈は実家が仕事場。厭でもパーマやという店主の座に据えられていた。十八歳で店主になったときは、年上の技術者から、見習いまでいた。戦争中、疎開してる間に父親が従業員だった女と一緒に暮らしてしまい、八人もの子供とその母親を省みない実情だった。店主だった姉は父親が勝手なことをしているのに自分が犠牲になることはない。あんたもはやく見切りをつけた方がいいよ、と比奈に言い置いて、恋人とともに実家も店もあとにしてしまったのだ。比奈には見切りをつけた方がいいよ、と、言い置いていく相手は用意されていなかった。自分がいなければ家族が路頭に迷う。その地点に茫っと立たされて、気がつくと死に物狂いで働いていた。考えるより先に体が動いた。待ったなしで動くしかなかった。喰うためだった。喰わせるためだった。

さらに、時を経てのことだが、生きるというそのことへの不審、疑問は続いていた。そのこんぐらがった闇の、そのひとつに父親と母親の関係があった。比奈は勇気を出して母親に問うたことがある。ねぇ、父さんに、ほかに女の人がいるのに、どうして母さんは双子を生んだの？　しょうがないだろう。こうして、たったひとつの部屋しかなくて大勢の子と寝ているのだから。どうしようもないこともあるよ。比奈にはやはり、何がなんだかわからず、両親への軽蔑は増すとも消えなかった。家庭のこと世の中のことの迷宮入りは深くなり、ただ、不納得のままやみくもに流されていった。

戦後はそんな時代でもあった。加えて、猫も杓子も、アメリカさんに靡いての女性解放、その一環としてアメリカさんになれるわけもないのに髪の毛を縮らせるのが流行ったから、成り立つパーマや商売だった。戦争中は贅沢は敵だと言われていた、その反動で、農家の婆ちゃんまでがバスに乗ってパーマをかけに来るおしゃれをした。朝起きると店の前に行列が出来ているほどだった。まだ、パーマやが町に一、二軒しかなかった。働いたら働いただけのことはあった。だから、技術もろくに持ってない十代の比奈でさえ店主になれたし、一家を支えられたのだ。小娘の比奈が二十四、五歳ぐらいの家庭持ちのつもりになり、二人の子持ちということにして働いた。年を偽ってでも経験豊かなのだという信頼を勝ち得なければやっていけない。双子の弟を育てたことが役に立った。まだお子さんはいないでしょ、と、問われれば、下は乳飲み子ですよ、と答えている。痩せて扁平な比奈の胸が、そのときばかりは豊かに膨らんだ。

その延長線上で、比奈は子供たちの父親の光二と結婚までしてしまう。までしてしまうというのは、予想外だったからだ。その、比奈は、父親が不潔でいたたまれず、人間すべてに絶望していた。男性には嫌悪しかなく、独身主義だったし、いずれ、兄を所長にしての知恵遅れの施設を作って、比奈はそこの賄い婦になるつもりだったのだ。そのためなら、好きでもないこの商売もやっていけると、その資本を稼ぐのだという希望に繋げていた。兄名義の貯金通帳の残高を眺めるのが比奈の慰めで、少しでも上向きでありたいとしがみつき縋っていた。それが結婚する羽目になり放棄された。つまり、比奈なりの夢は消えた。現実には兄と約束したわけではないが、比奈は約束を反古にしたわけで辛く切なかった。そして居直った。相手の光二がいっぷう変わった人というなら、こちらの比奈という人間も、それを上回る人並みでない偏屈な人間で、自分を持て余していたのだから、どっこいどっこいではないか、という覚悟をしたのだった。お似合いの夫婦なのだろう。この覚悟をするには、それ相当のいわくがあるのだが、そのいわくを説明するとなると、また別の小説が生まれそうだ。

比奈の思い出したくもない回想は、無差別にやってくる。割り込んでくる。長く生きたせいだ……と勝手に頷いている。人の死は、その亡き人の生涯のみでなく、関わった人の生涯をも炙り出したがるようだ。

　戦後の翌年に双子の弟が生まれた。比奈は子守になって学校へは行けなくなる。それでなくとも、戦中は疎開で木炭が供出され、学校への送迎は廃止。歩いていくには遠すぎた。途中の村で疎開ものは苛められ学校に行きつけなかった。転向した日以外に学校に行ってない。実際、双子の可愛さといったらなかった。夢中になって親代わりをした。双子を産む前も産んだ後も、母はしばらく動けない人だった。学校なんかどうでもよい、三つ年上の知恵遅れの兄だって学校に行ってないじゃないか、と考えるしかなかった。兄の背中にも比奈の背中にも一人ずつ赤子がくくられている。三つ違いでも二人の背丈は同じだったから、背負われた方も背負ってる方も双子同士に見えた。兄と比奈は運命共同体なのだ。今にも消え入りそうな、か細い命の前では、自分の立場をあだこうだといっている間はなかった。兄と比奈の最終学歴は小学卒業にもならない。

　それに、母からそんな体ではお前は外へ出られない。勿論、学校へもだよ。お天道さまに顔向け出来ないんだよ、と。なぜだかわからない出血でスカートを汚しているのに気づかなかった比奈は、どうしようもない娘だと言う風に言われて、何やら自分は罪深い人間で表にも出られない、小さくなって生きるしかないらしい……。と悟らされたのだ。ぼろが投げて寄こされ、これでも挟んでおきな、母の言葉に、ただただ恥じ入り卑屈になった比奈だ。子育ての上に、おさんどんもした。弟妹たちは腹を空かせる。
かぼそくてちっぽけなくせしてぴちぴちした活きのいい命。いっときも目を離せない生きもの。いとおしいばかりだった。夢中になった。手をかければかけるほど、みるみる眩しいほどのきらめきを放って、生命力を謳歌してくる。双子の赤ん坊と、ただ一途に向き合った。赤子も比奈もただ無邪気で無心だった。純粋だった。生涯で二度と得られない至福の時間だったろう。ああ、そこにはいつも兄と一緒だった。

産婆さんのすることを見よう見真似で覚え、赤子の産湯も。盥でおっかなびっくり赤子を浮かせ、命の塊りなのだと、小さな手の平で受けとめ実感した。夜中にもお腹を空かせて泣く。幾たびも繰り返す。二人だからミルクをつくるのに追われる。炬燵の中から、小さな種火を取り出して七輪に移し、消し炭を乗せふうふう息を吹きかけたり、渋うちわでぱたぱた風を送って火を起こし、湯を沸かしてからミルクを作るのだ。泣いてくれるなと背に赤子をくくり、揺すっている。

赤子が泣いては現金収入を得てくる唯一の人、姉が眠れない。ミルクを飲んでもむずかっていれば、姉への気遣いから赤子をおんぶした兄と比奈は夜中の凍てつく道を背中を揺すって、相手方の赤子の背を叩いて宥めて歩いた。双子が双子をおんぶして歩いていたのだ。栄養不足で母は乳が張ってこなかった。粉ミルクの配給を貰うのには、長い行列に加わらねばならない。赤子を背負ってねんねこ半纏を羽織ると比奈は背丈が小さいので、ねんねこ半纏が歩いてるのかと思ったと言われた。おやおや、小さなお母ちゃんだこと、と言われて、自分はお母ちゃんなのだ、と背中の赤子を揺すっておっぱい出なくてごめんね、と呟いている。

赤子を背にして、井戸端にしゃがんでおむつを洗う。ウンチで盥の中が黄色くなった。あかぎれの血が滲む手で、絞って、竿に広げて干すと、おむつはまたたくまにばりばりと凍って板になってしまうほど、寒い冬だった。赤子を背負ったくりくり坊主の兄が、どんなときでもいつも傍にいた。赤子が這い這いを始めたときの可愛さといったらなかったが、一人のおむつを替えているとき、うっかりしていると、もう、一人が寄ってきてウンチを口に入れてしまうのだった。思わず赤子の汚れた口を比奈の口が覆って、汚れを拭っていた。こらこら、ちっとも目を離せないよう、兄の声がする。比奈はペッペッと汚れを縁側から外へ吐き出す。

何をしてもされても、そのすべてが可愛いだけだった。その可愛さに無我夢中で、比奈は無条件に動いていくだけだった。小さなお母ちゃんだという自覚は母性の目覚めだったのか。

そういう思い出は、幸せ感の増幅になる。その後、四人の母になった比奈は末の赤子を抱いて湯船に身を沈めた時など、双子と重なって、うへえ、しあわせだあ。と思わず声を上げている。裸の赤ちゃんをさわりたいんだよう。触らせてよう。ボチャンボチャン次々裸ん坊が飛び込んできて湯船は満員。赤ちゃんこんなにうれしそう。比奈は幸せいっぱいの声を出す。このきらきらした時間の散りばめられているのが、たとえ一日の中で僅かであろうと、それがいくら暗雲が立ち込めている中であろうと、そのきらきらは蔽い隠せない。いつの日か、この子らのエネルギーが充ち溢れ出す。この家も変化、進化を遂げるにちがいない。比奈は、その、今のきらきらも、未来のきらきらをも拾い集め胸の中にしまったものだ。

その四人の子は、ともかく成長し、今に至り、それぞれ家庭を築き、いや、破綻をみたものもあるが、思えば比奈と共に母子心中からも逃れた生き残りだ。強く生きてくれたのだという感慨しかない。感謝あるのみ。

比奈の心はどこに浮遊していくのか、また、双子の時代に遡る。

何もわからないいちっぽけな赤子から、よちよち歩きをして、手がかからなくなるまで双子を育てた比奈は、十代半ばで、生命というものと思いきり向き合ったことになる。しかし、子守の役割も済んで家業につかせられたときから、何やら方向、風向きは変わっていく。劣等感と卑屈感に捉われていく。負けじと夜間高校を目指しても、パーマやは八時九時に閉まるのが当たり前で、登校は実現しない。遅刻してもと町の英会話教室にも背のびしたが、店の仕事は忙しく長続きしなかった。それではと、学校と名がつくところで行けるときだけでもと、近くの洋裁学校に通い、弟妹の洋服を作りまくった。普通一枚仕上げる所を、弟妹が多いので、不公平にならぬようにと、ひとつの型紙を利用して三枚の大小の服を作った。その代わり、寝てる時間を削った。何かを作るというよろこびは味わったものの、学問とは関係なかったので、劣等感は埋めようがなかった。通信高校の講義録などとって細々と独学はしていくのだったが。

稼いでいるようでも、食べる人数が多く、店員に給料を支払うといつも、こんなに働いたのに、と溜息が出た。両手を開いてじっと眺めたあと、ありったけの札束を握った気になって、天に向けて思い切りぱっと撒き散らした。無い金が舞った。すかっとした。花咲じじいの気分だった。

贅沢はできなかったし、贅沢は敵だ、この戦争中の教えが身についているのか、まわりが少々贅沢になってきても、自分にそれはそぐわないと比奈は思いこんでいた。この性分は終生比奈についてまわった。自分のためには物質的な豊かさは必要ないのだった。例えば、人に化粧したり、化粧品を勧めたりもする商売だが、自分のための化粧品はいらない。度の強い近視なので、眼鏡をかけたりとったりしての自分の顔への化粧は、時間もかかるし、惨めだから、という理由で化粧はしないことにした。面倒が省けたし、時間も浮いた。余計な話だが比奈が実践したのは、どくだみの白い花を摘み、日本酒に二週間ほど漬け込んだあと花は取り除く。どくだみのエキスをたっぷり吸い取ったその液にグリセリンを混ぜるというだけだが、比奈は何十年となく、愛用していて、朝晩これを手にするときのしあわせがある。白い花を摘み取らせてもらうとき放ったそのかすかな芳香が漂い、そのときの土と風の匂いまで思い出させてくれる琥珀色の化粧水なのだ。

比奈の回想は、ますますとりとめもない。まさか、八十を越えるまで生きてしまうとはねぇ。と、子供たちの父親の死より、彼と出逢う以前のことが幾たびも現れてくる。そして必ず辿り着く思いも同じ。くりくり坊主の兄は、五十二歳までしか生きられなかった……と。夫を悼む気持が薄い。長く生き過ぎたばかりに、混乱を呈してもしかたない。慰めるともなく自分に向けて呟いている。

弔いの映像などをイメージしていたのでもないのに、急に、思いがけない映像が、比奈の目に飛び込んできた。目の前にテレビがあるわけでもない。それなのに、まるでテレビを見ているように四人がそれぞれに位牌、遺影、と胸にして静々と歩いている後に続いて、三人の子が歩いているのだ。

第二章　鴉なぜ泣く

ああ、わたしの子だ。比奈は咄嗟に理解した。

あの子たちまで葬式に？

大きく頷く三人。

比奈は息が詰まって声が出ない。

しがこ（氷凍）が急に溶けたんだ。われらはずっと生きて来た。姿かたちは見えなくとも、ちゃんと生きて来た。これからは空があって青く晴れているその下で、四人のはらからと一緒にいたいだけだよ。

どんなに長い長い暗いトンネルだったことか。少しも光りがない。遠い先にも光りをとらえられず何も見えない中を……どんな思いで辿ってきたというの？

まさか三人の子が、こういう形で顕われてくるなんて……この日に。

比奈には合わせる顔もない。ああ、この子たちは現存している四人の子と対等に扱って欲しいのだ。比奈には痛いほどわかる。これまでの仕打ちを問われている。これ以上の差別があるだろうか。

もともと比奈には現実にないものに心を遊ばせてしまう癖がある。それにしてもこうして、みたりごが、この目に見えたなんて……そして、現にみたりごが比奈の近くにいるなんて……まっこと、こうして存在している。動悸が激しく苦しい。あり得ないことの出現に衝撃を受けながらも、感動だか感激なのだかもしていて比奈は身も世もなくなる。

これを書くことを促されたのは、幼い姿の長男の夢に誘われたものとばかり思っていたが、その夢を誘発したのは、みたりごの働きかけに違いない。今を失したら後がないよ。みたりごのいう通り、それをしないではみたりごは立たない、浮かばれない。救われないのだ。みたりごの現れは、その鮮やかさそのままで、比奈にぴたりとくっついたままになる。

みたりごから言わせれば、姿が見えなかっただけで、ずっとずっと一緒だったのだから、これからだって変わるはずないでしょ。母さんが死ぬときまで、いや、死んだらもっと一緒にいられるんだよ。そうなのだ、言われるまでもない、比奈もずっと、この子たちといたい、と、願っていたのだから。みたりごは、だから、魂として、れっきとした魂として、比奈とともにあったという説明をしてくれる。みたりごは重ねて言う。始めからずっと一緒だったよ、共に生きてきたのだよ、と力をこめている。それは、母さんが一番よく知っているはず。いつだって、母さんとわれら語り合ってきたじゃないか、と。その通りでした。

思わず比奈は答えている。

母さんは四人の中の誰かさんから、よく、言われていたじゃないか。母さんはどこ見てんのよ？　ねぇ、こっち見てるのに、違う。わたしを通り越した後のずっと向こう見てて、そんなのいやだよ、さみしいよ、って。あのとき、母さんは、われらの方だけを見ててくれたんだ。そのとき、母さんは死んでもいないけど生きてもいなかった。普通に明るくはしてたさ、でも本当の生きかたじゃない、嘘々しかった。そういう毎日だったでしょ。それが母さんの辛い日常でも、われらは嬉しかったんだ。母さんはわれらを忘れないでいてくれるわけだから。いつも、心の半分は、こっち向いていてくれているという安心があった。それから、四人の子のうちの誰かさん、兄弟妹のうち誰が一番好き？　と、いつも聞いてたでしょ。かあさんは笑いながら、みんなが好きよ、大好き。二番目がいないの。と答えていたでしょ。そのとき母さん、われらみたりごのことも勘定に入れてたね。だって、そのとき、じっとわれらのこと見ていたもの。それと、母さん寝るとき、赤ちゃんにおっぱい飲ませながら本読みしたでしょ、そのときだって、われらにも聴かせてる思いが伝わってきた。声色変えたりするときは、ああ、自分たちに向けてくれているんだなって気づいたよ。

それと、必ず子守唄も歌ったでしょ。やさしく布団を叩きながら。一番先に生まれた子のときは昔からの、坊やはーよい子だーだったけど、二番目のときはシューベルトで、眠れー眠れー母の胸ーに、で。三番目は中国地方の子守唄とか説明つきで歌ってくれた。歌詞を知らなかったので一所懸命に覚えたのよ、と言ってた。説明はなかったけれど、モーツァルトの眠れよい子よー庭や牧場にー、は、われらのためにだっていうことも知っていた。あの時間好きだったんだよ。みんなが眠ってしまっても歌ってくれていたもんね。

母さんの仕事場から住いへ帰る途中で踏切渡るでしょ。遮断機が降りて電車が通過するのを待ってるとき、四人の中の誰かさん、母さんの手に必死にしがみついてた。母さんがわれらみたりごのところに来ようとしているのを察知したからだ。母さんは、われらみたりごなしではとても生きてはいけなかったんだ。われらも母さんなしでは、とても生きてはこられなかったと同じようにさ。それでなくては、母さんもわれらも、今こうして逢うことはなかったのさ。

母さんは、毎日、毎時間死にたいって思っている人だった。われら、はらはらしてたよ。そりゃ、こっちへ来てくれたら、うれしいさ。でも、四人の子のこと思うと、母さんは四人の子のため頑張らなきゃあ、頑張ってくれよ、と、われら我慢してたんだ。それが、われらの役割だということに、いつからか気がついたんだ。それから、ずっと、それ守ってきた。

思えば、それを貫いて生きてきた。そして、今日の日を待ってたんだ。本当のこと言うと、われらほど過去、現在、未来へと簡単に往き来して生きられるものはいないんだよ。辛いことだってあったさ。それでも、自分たちは、そこ潜り抜け、これまでをずっと生きて来た。だから、これからだって生きていける、年は取らないし。

比奈はみたりごの声を聞いて泣いたのだろうか。声を聞かないうちから、いや、姿を見た瞬間から動転して泣いてしまったのだ。末の子も間違いなく、みたりごの仲間入りだったはず。四人の子とみたりごの数は反転していたかもしれない、など、遭遇したくなかった数々の出来事やら事件が、急に露わに眼前に押し寄せてきたのだから。

この世に出現し損ねたみたりごのことは、いつだって比奈の心のうちにある、というより、心のすべてを占めていた。罪意識で黒々と染めながら。生きている資格もないのに生きている苦しさとともに。しかし、四人の子に話そうと思ったことはなかった。一体どう伝えたらよいのだ。如何に頼れる長男といえ、これだけは相談のしようがなかった。離婚してのち、せめて嘘のない生き方をと、これからは本当の生き方だと気負っていたとき、子供たちも大人になっていったとき、わだかまりがあっては、と、思いきって話そう、と。謝らねばと本気で考えたあげく実践しなかった。出来なかった。度々そういう思いの決意はやってきたが、そのたびに、比奈は真実を遠ざけた。勇気がなかった。

次男の生まれてきたのは、こうして生きていられるのは、あなたの前に兄さんか姉さんがいるはずだったのよ、どうしてもこの世に送り出してやれなかった。この世に生まれる以前に抹殺されてしまった。そんな酷い犠牲があって、あったからその後であなたは生まれてこられた。末の子も同じ、その前に残酷なことが行われた。だからこそ、すぐ次に命を授かることになる。失われた命の代償なのだから。その後も……。その間に挟まれて四人目の子は存在することが出来たのよ、などという告白ができるのだろうか。あなた方の存在は、そういう犠牲があってのことだ、などと……。

だれしもが生まれてきた途端から、何らかの荷を背負わせられるものだとしても。四人の子たちよ、あなたがたは生まれる前から、こういう葛藤を強いられていたのだよ。武器を作って人の命を奪うのが戦争というなら、胎児のうちに武器を使って命を奪われてしまうのも羊水の中で行われた戦争。負けるのは弱者。比奈は戦争に勝てるはずもない弱者に過ぎなかった。いや、それは方便、更なる弱者である守らねばならないか弱き者がいても守り通せなかった。そして、戦争は常に、理屈も、なあにもない単に理不尽なだけ。

とうとう、みたりごの声なき声を伝えることもないままになった。その間ずっと、みたりごは浮かばれていなかった。だというのに、こうして元気に、というより何ごともなかったように蘇ってくるとは。しかも、あっけらかんと明るく。

比奈は、ただの弱虫、泣くだけ。めくるめく思いが湧きあがり、堰を切った濁流に溺れるに任せた。警察に引っ張って行かれようが、精神病院に入れられようが、かまわない。声を限りに、なりふりかまわず泣いた。みたりごに、すまない申し訳ない。どうして鬼や蛇になれたのか。人間として母としてあるまじき行為。自らも血を流し屈辱を舐め、どんなに辛く、死ぬ思いをしたか、と喚いたとて、お前は現に図太く生きている。これからという未来あるものを、自らの手で切り刻んだと同じなのだよ。生身の形あるものを亡き者にしたのだから。

　どう詫びてよいのかわからず、おぞましく、まがまがしい己の過去に顔を背ける。みたりごの立場になってみよ。生きることを拒否されながら、なお、生きることに執着し、それを貫き生き抜いたということの、想像を絶する苦悩、なぜ、なぜ？　を通過して……。どん底に落とされて、醜悪、残酷さをも見据えてきたのだ。あの世にもこの世にも存在できたということは、この現実に生きている者の倍以上の悲嘆を味わってきたということになる。

　近所の人たちが何事かと、ざわざわ集まろうと、どうでもよいのだった。東北の大震災のとき、この辺もひどい揺れで近所の人々が家を飛び出し広い道路上に集まったが、同じようなことが比奈の家の前に起きていようと構わない。狂い死にしそうに何ものかに憑かれたように泣いた。吠えた。何もかも空白、いや、真っ黒、いや、真っ赤、真っ青だったかも……生きながらにして自分が自分でなくなる。人間でもない……そのときを迎えている今なのだ、と、そういう現象だと。混沌、混迷の中を彷徨う。比奈とみたりごは加害者と被害者、この関係に融合はあり得ない。それなのに、みたりごに縋って泣いた。ひとつの塊りになっていた。赦されるはずのないことが……。

耳の傍でみたりごは、これまでもずっとこうしてたんだよ、と囁く。

そのみたりごは、人生にとって一番美しくかけがえのないとき、と、比奈が勝手に思っている頃の姿そのままに、成長がとどまっていて、急に背丈や手足が伸び始めたことに戸惑い、はにかんでもいる。大人でもない童でもない、女でもない男でもないままに。比奈がバリカンで刈ったのだろう、頭はくりくり坊主。細い首筋が痛々しく愛らしい。その子らとしっかり抱き合っている。幻想でなく、ここに、こうして存在している不思議がうれしくて、またあらたに泣いた。

骨抜き腰砕けになった。人間に軸があるなら、その軸は比奈からすっぽ抜けてしまった。一触即発で、風に触れても涙が吹き上げ、手に負えない号泣になるありさまだった。今さらではないのに、ひたすら子らに申し訳なく、この世に生きたにしろ、生きられなかったにしろ、母親の比奈はこういうふうにしか……と……なすべきことが、わからないまま、子らへの不憫さにのた打つ。消えていきたいだけの比奈だった。泣けばいいわけじゃないのに泣いている。みたりごと四人の子との生涯の分量をまとめて泣いているかのよう。比奈の一生分も加わって束ねられたとき、急に竜巻が立った。その渦巻の中に吸い込まれ比奈は攪拌されている。上昇していくのを体感したのに、取り残された感じもある。あれ、みんなが一様に、そう、みたりごも、四人の子も、比奈も加えて八人、まだ一人いるくりくり坊主の兄だ。兄を残していけるはずがない。まるで何かから解かれた者のようにみんな気の抜けた阿呆面をしている。が、そのまま宙に浮く。地に足がつかない不安には妙なよろこびがある。

まさかでしょ、まさか、これが真実？　嘘よね？　と、四人の子に異口同音で呆れかえられても、比奈は何も口にできず体を捩るばかり。またしても裂けんばかりの号泣になる。頭が破裂し粉々になって飛んでいく。そのかけらの後を追うでもなく見送っているのか、ふにゃふにゃの塊りで、比奈は、またみたりごと兄に縋り、四人の子にもしがみつき、許しをこうているのか、甘えてでもいるのか。毀れた頭の中では残酷過ぎる当時の日々が炙り出され、どうして、あれらを乗り切ってこられたのだか、皆目わからなくて。それも、一人の人間が死んだことですべては終り、すべては水に流されていって……死人に口無し、を、いいことにしてあれこれ訴え愚痴ったりしようとしているわけではないのに。とどめもさされていて、あらゆることが、封印されていく。みんな、もぬけの殻になってしまって、虚脱感というのか、空虚、そう、虚の中に投げ込まれ、なぁにもないすっからかん。

四人の子の……生きてきたことも悲しすぎ、みたりごの生まれられなかった悲しみは、また、それを越える。比奈にしがみついた命、可能性をいっぱい秘めた命、どんな生き方をでもできたのに。膨らんだ夢に蓋をした。それでも、日が暮れて朝が来て、また夜が忍び寄ってきて地獄の穴は口を開ける。

比奈と二人で風呂敷にくるみこまれているとばかり思っていた櫂は、隣で一緒に息をしていた比奈がいつのまにか消えているのに気づいて、急に心細くなった。それに、比奈が、か細い声で朗読していたと思っていたのも錯覚で……ふんわりあたたかく包まれていたと思ったのも思い込みで、ただ比奈がいたから安心だったに過ぎない。公園のベンチで比奈が消えてしまったとき、いい気なもんだ、と、磊落に笑い飛ばした思いとは、ほど遠い寂寥感と孤独感に苛まれる。それでなくても、櫂は、比奈だか自分自身だかが難儀して書いたものと向き合わねばならない立場にいるというのに……。

櫂は勇気を奮い立たせ続きを読み始める。いや、やはり比奈なのかも知れない。また、酒乱の始まり。姿を隠せるだけ隠して打ち震え、肩を寄せ合って息を詰め、背筋に戦慄が走るままに、それを堪える母子、その繰り返し。いくら、毎度々でも、馴れることはない。新鮮で強固な恐怖。家にもいられない怖さに、自分たちの姿を父親に曝すことも、更なる恐怖だが、一つに塊り、弾丸となって、雨の中へ跣で飛び出す。傘を手にする間もなかった。人はどんなときも、安全な方を選んで行動を起こす本能がある。寒風の中、震えながら、外から家の中の様子を覗いて、父親が一人で憎悪に満ちた声を張り裂けんばかりに喚き、獣のように吠え騒いでいるのを、体力を使い切って疲れて高鼾で横になってしまうのを待つ。比奈は一人を背負い、一人を抱いて、長男は、それら三人を固く抱き締めようと、必死に腕を回している。母親比奈の腹の中に胎児がいる。

みなの跣の指先は震え胎児も震え縮こまる。

こういう光景を誰も知らない。誰にも知られたくない。名誉などあるのかないのか知らないが、可愛い子供の、その父親だから、ひた隠しにしたいだけ。みなで警察まで思わず必死に駆けっていったことがあるが、前まで行って急にみなの足が止まった。相談したくて、家庭裁判所にも行った。が、ただ戻ってきた。子供の父親なのだ。子供のために父親の尊厳を守りたい。子供の父親を告発するようなことができようか。躊躇と逡巡を繰り返しただけで、すべて無駄に終った。いや、諦めきれないでしつこくああでもないこうでもないと手を尽くした。子供たちのためによかれということには何にでも精一杯ぶつかってきたが、天から見たら泥濘の中、ただ蠢いていた芋虫だ。

糸が切れた凧のように、いつ、行方不明の凧になってしまうのか、母親だというのに比奈は自分を抑える自信がない。借金してまで店の改造をしたりするのは、この場から動けないいようにとどめ置くための手段なのだ。ほれ、もう、無責任なことはできないよ、借金はしない、の信条はどこへやら嫌いなローンを組んでしまったよ、と、自分自身に引導を渡している。身動き出来ないように、がんじがらめを次々作っていく。それが比奈の生きていく哲学。

無謀な無責任なことを選択し、その責任をとっていくしかない仕組みだ。それを、重ね重ねしなければ生きてはこられなかった。世間から見たらなかなかのやり手、経済力ありと、まるで、比奈の柄ではない評価をされた。

子供は一人としてこの世にいなかったかも……。

光二の言うとおりにしていたら、四人の子の誰もが、この世に生まれてきてはいけなかったのだ。俺の立場を考えてくれ。浪人の立場で子持ちかよ笑わせるな！　そう言った彼は十三年間浪人と言えば浪人だった。無収入の学生だったから。留年もして学生を終ったとき長男が十二歳で末っ子が三歳になっている。比奈はその時、三十八歳。父親になる人は二つ違いの四十歳だった。申と戌では犬猿の仲、仲のよいはずがない、というお人もいるかも知れないが、喧嘩したこともない間柄。だからといってうまくいっていたわけではない。まるで通い合うところがなかった。比奈は人間として扱われていなかったから。人間じゃないのだから喧嘩にもならない。比奈は、背中が寒くなる恐さと理不尽きわまる真ん中にいて威圧的な力をかけられ卑屈になり、脅え、すいません、だけの言葉しか夫には使えなかった。

誰もいないとき、光二を真似てビール瓶をたたきに叩きつけ、木のサンダルで踏みにじってみたことがある。コップやグラスを床にぶん投げてみたが、ちっとも気が晴れなかった。それどころか胸の奥深くに尖ったガラスが突き刺さりその痛みが全身を駆け巡った。いつもと同じにしゃがんで片づけていたら、涙でなく比奈は嘔吐していた。

末の子を身ごもったとき、またか、孕みやすい女だ。俺は知らん、堕ろしてこい、と光二は言った。比奈は子供たちが並んでいる中にもぐりこんで寝ているのだから、まさか襲ってはきまい、と。パーマやで日中立ちどうしで働いて夜は家事やら学校からのあれこれ、子供からメモされた雑巾を何枚も縫ったりすると床につくのは午前二時を回る。子供を寝かせつける本読みのとき一緒に寝てしまいたいが、もう一度起き出さないことには一日が終らない。寝たと思ったら、すぐ起きなければ一日が始まらない。そのとき、比奈は、うっかりの熟睡。逃げも隠れも出来ない、声も立てられないのを狙っての強引さなのだ。女でいたくない。この世にもいたくない。こんなことなら、いっそ、売春婦になって稼ごうか。何を願ったところで、ここにいるしかない。比奈はがんじがらめにされたただの棒杭。一人前に仕上げなければならない見習いを何人も抱えての責任ある身。実家も然り。子供も、夫もだ。安い賃金で労力を買っている経営の仕方のパーマやなのだ。夫その人もまだ学生。日中は寝ている。その夫が怖い。店主でもあり主婦、母親でもある比奈は店の合間をみて洗濯やら、二階に上がって干した布団の取り込みをする。太陽の温もりを一杯吸ったぽかぽっかの夜具に子供を寝かせたい。うわぁい、お日さまの匂いするよ、と、喜んでくれるのだから。

いつ帰ってきたのか、外出していた夫が現れ比奈一人とみて捻じ伏せられる。真昼間にまさかでしょ。見習いが階段を上がってきて、先生、後は私がやりますから、先生のお客さんです、とか言って、いつ、現れるか。喚めけるものなら喚めきたいが、口は塞がれ押入れの中に押し込まれている。比奈を追って上がってきた見習いが、あれ、先生二階だと思ったけど、と不審な声を残し階段を下りていく。子供の母だから、母親だけをやっていたいのに。屈辱、侮辱、汚辱にまみれて、その場で舌を噛み切って見せたいが、子のためにならないことだけはしてはならない、と、自分に言い聞かせるだけ。何食わぬ顔で店に降り立ち、客には愛想よく笑顔を保ち、従業員にもいつも通りを演じている比奈は、それでも人間？　まともに心あるの？　と自分に問うている。こういう関係の中で、産児制限も計画出産もありえないわけで、どうか身ごもるようなことのありませんようにと祈っている。身ごもったと知ったときの悔しさ、悲嘆と困惑に打ちひしがれ、谷底へ落下。はたと正気に戻った比奈は、暗闇の谷を這い登り、腹の子に詫びている。駄目母ちゃんでごめんね、でも、もう大丈夫安心してね、きっと生んでみせる、大切な大切なわたしの子だよ。がんばろう、がんばってね。と腹をさする。命を授かってからの十月十日もまた闘いだ。中絶してこい、俺が処置してやろうか。階段から飛び降りてみろよ。お腹が大きいからバランス崩れ、すぐに転ぶだろ、自然流産だ、俺が転ばしてやろうか、皮肉たっぷりな嗤いに、押し殺した声。加えて、悪阻での苦しみ。どこぞのおひいさまのつもりでもあろうが、これ見よがしに当て付けるな、大袈裟に騒ぐな、と怒鳴られる。一方で、店では、また、おめでたなの。いいわねぇ、仲が好くて。と客からぞっとするようなことを言われ、へらへら明るく笑っている比奈。羨ましいわ、うちなんか一人育てるのに精一杯で、産児制限に失敗しちゃって今、中絶してきたところなのよ、と明けすけに嘆いてみせながら、私は新しい女、と誇っている客もいて、ただに背中が寒い。

こうして現存できた四人は、失われたはらからの存在を知る由もない、ほかに兄妹がいたなどとは話せることでもない。卑怯者と自分を罵るばかりで、比奈は、これは墓場までだと思っていた。生涯拭えない罪障感を抱いたまま生き続けるのか。それにしても、不公平すぎるのだ。誰が、何を、采配出来るというのか。この世に生まれてこられた子、生まれてこられなかった子などと。これ以上の差別があるのだろうか。どうして、それらを堪えてこられたのか。

比奈はときどき王様の耳はロバの耳と叫び出したくなる。どこぞに穴を掘って喚きたい衝動にに駆られる。魔がさしてでも、そうなってしまいたい。いつか、藤村の「破戒」を読んだとき、あの牛松は自分だと思った。比奈がその牛松になっていた。現実に生きている四人、そして、現存し得なかった三人、その七人が並んだ前で土下座して謝罪していた。白昼夢なのか、現実だったのか、幾たびも同じことをしていた。わかっていることは、七人のわが子を踏み台にして比奈は生き長らえてしまったということだ。これからを生きようとしていながら、命を絶たれてしまったみたりごへの償いは永久にやってこない。

それなのに水子地蔵を作るなど考えたこともなかった。それはできない。あの硬い石の地蔵さまにしてしまうなど。この世に存在しないということを認めたくなかったのだ。認めなければ生きている、認めさえしなければ……と、どこかで信じていた。しかし、晩年も晩年、ここまでくると、どこを押してみたところで、そんな生易しいものではないぞ、ということに気づく。もう、時間がないぞ、と、切羽詰まった思いは、大きな壁となってのしかかってくるのだった。生きている間にしておかねばならないこと。そこから逃げたらまともに死なせてももらえない。

自分の罪の重さから逃れようなど安易なことを思ったわけでもないのに、自ずと、指先の勝手な行為が人形作りを始めているのだった。汚辱にまみれた手で水子地蔵替りの人形を。もうすぐ見えなくってしまうかもしれない目で。祈りに似た思いで作っていた。その手の先から幻想が生まれ紡がれていく。黒ちゃん。白ちゃん。赤ちゃん。黒で、白で、赤色での赤子ぐらいの抱き人形。長男の次男の、そして、長女の着古したセーターで作った。そして、その子たちが成長したら生むであろう子たちも。手の平の上で坐ることが出来るぐらいの人形たちも。そしてまた、その子が生むであろう赤ちゃんたち。それは比奈にとっての孫たち曾孫たちだ。

同じ兄弟姉妹になりたい。兄ちゃん姉ちゃんって呼び合いながらその中に混じりたい。密かに息づきを続けてきたのはそのためだよ、というみたりご。ごく当ったり前に自然にさ、それだけなんだよ。その願いは命の確かさ、見事さだ。比奈はただ圧倒されるだけだ。つつましくしなやかな、みたりごの願望は芯が力強く底深い。だから、ここまで命を繋げてこられたのだ。この思いと執念は比奈の肌に食い込んでくる。これは、母親の比奈が死んでも消えまい。死んだあとこそ、発揮する強さ、はらから七人は助け合い結束してやっていくであろうことが確信できる。

七人のわが子が比奈を取り巻く。これって、まさか、そうよね、夢とか幻想でしょ。比奈は面映さで俯くが両腕は思わず大きく開かれていて、次々と七人の子が飛び込んでくる。幻想なんかじゃない、なんという実在感、みんな童だけど……。

その通りだよ。母さんっていう人はそんなふうに生きてきたんだ。辛い中を生きてこられたのは、現実を通り越した先の幻想を見ていたからだよ。ということは、そこにいつも、母さんが求めているわれらみたりごがいたからなんだ。その母さんといつだって一体になれるし、一緒だった。だから、自分たちは生きてこられたんだよ、こうしてさ。

　四人の子の存在があって、母さんはどうにか生きてこられたと思っているけれど、われらみたりごの存在も同じ、母さんの中に生き続けてきたんだ。四人の子もみたりごもまったく同じ力で母さんに働きかけていたんだよ。母さんを生かすためにさ。

　聞こえてくるのは、みたりごの深くやさしい声。比奈の体の芯に伝わる音声を感受する。この声が四人の子にも浸透していくのだろう確かさ。みたりごが、まだ何か言っている。

　胎児だったけど聞いていた、と。生き延びられるのか、ここで終わりなのか、見えない目で、聞こえない耳でネ、でも、しっかり羊水の中で揺らぎながら父さんの声を聞いた、という。どっちも怖いと思った、と。生きていくことも、このままに消えてしまうことも。四人の子たちも、羊水の中で揺らぎながら父さんの声を聞いたのは同じだと思う。だから、われらは、はらからなんじゃないか。その共通項あったればこそ固く結びついているんだ。自分たちみたりごは母さんのお腹の中でだけ聞いた、いわば、繭の中。間接的だったさ。でも、四人の子はお腹の中だけではなくお腹の外へも出て行った。だから、父さんの声を肌で感じて全身で聞いたんだ。赤子だから泣くのは当たり前、命への賛歌、おぎゃあおぎゃあ泣いていると、うるさい、黙らせろ！　と怒鳴られた。赤子ながら、声を潜めて泣くのを覚えたのではないか。どっぷりと、その空気というものの中にも浸って生きていたわけだから尊敬してるんだ。まともに父子として生きたわけでしょ。羨ましくもある。でも、とても、大変だったのも知ってる。われらみたりごには、それもよくわかる。四人の子と違って変幻自在の存在だから。怯えとか恐怖とか分かち合わなければいけないと思って、おろおろしながら、これまでを、息づいてきたんだ。知らん振りはできないよな、同じはらからだからさ。そう紛れもないはらからだ。父さんと母さんの子。息をしていた世界が異なろうと、これまでを命を繋げてきたんだ。見えなくったって、見ておくれよ。ほんのささやかな空気の断層があるだけなんだから。空気を掻き分けてみれば見えるよ。

さあ、輪になって、抱き合って母さんを中にして踊ろうよ。誰が音頭をとったのか、四人の子とみたりごが手を繋いでの輪ができ、踊り始めていた。まあまあ、踊ったことなんかないのに、どうして、こんなに軽く体が動くの？　比奈は嬉しがっている自分の声に、思わず調子よすぎない？　これって。と、さらに浮き浮きした声を出し、ステップまでしている。

今では起きていようが寝ていようが、みたりごが、いつも一緒ということがよくわかる。みたりごは、なかなかどうしてお喋りで絶えず話しかけてくる。四人の子もまったく同じだったなぁ、と、思い出す。

店が開いてるときは、お客様が第一だから、お客様に優先権ありなのよ、と四人の子は言われていて、日中は子供たちには母親とお喋りする番が回ってこなかったから、店が終るのを待って、いちもくさんに、母親を掴まえにかかった。比奈が白衣の仕事着を脱ぐのが間に合わない。それぞれが比奈とお喋りしたくて競い合ったものだ。トイレから出て来るのを待っての奪い合いという光景もあった。ドアを開けると、僕だよ、あたしが一番だよ。ちがうよ、じゃ、ジャンケン、と。誰が先に母ちゃんと喋るかを決め、一列に並んでいる。

比奈が独りでいるのに、ときどき大きく口を開けたりして笑っているのは、みたりごたちが面白いことを言って笑わせるからだ。見事に暗い話はしない。根っから明るい。過剰なくらい楽天的。いかに暗く細い長い道を辿って来たかの経験があったからこその突拍子もない明るさなのだ。いつも、生き生きはしゃいでいる。そのみたりごと一体なのだから、比奈のこれからは底なしの明るさで生きられるという未来が待っている。みたりごがこれまでの反動としての、今を歓んでいるのだから、比奈もあやかって、よたよたする足をすっくと伸ばし背も伸ばして歓び合わねば。つまり、わかったことは、みたりごの視点は上方向にしかないということ、そして、もうひとつわかったのは、やっと、お家へ帰ってこられたという歓びに満たされているのだということ。お家へということは、この比奈のもとへということでもあり、四人の子との融合である。みたりごの思いは叶ったろうか。

徹底して潔く生真面目なみたりご。この個性あるみたりごが四人の子の中に混じって、それぞれの個性ある輝きを、今、競っている。これは正夢だ。みたりごが夢見た現世の出現だ。さらにさらに、思い当たることしきりの比奈。四人の子あらばこその、これまでを比奈は生かされてきたと思っていたが、みたりごの言う通りで、みたりごも同じく比奈を支え、守りをしてくれていたのだと、あまりにも鮮やか、深い実感をいま感受している。そして澄んだその精神は比奈を上へ上へと引き上げる作用も加えてくれていたのだと知る。比奈はどんなにへこたれることがあろうとも落ち込んだままにならなかった。下降思考にはならなかったことに思い当たる。どんなに時間がかかろうと、立ち直ってきた。それらは、みんなみたりごの技だったと素直に頷いている。

もう、おらはどこにいるのやらわかんねぇ。と櫂は呟いた。ここにいるのはおらの気がしねぇ。比奈さかもしんねぇだ。いんや、比奈さとおらの合体だべ。風呂敷の中は一休止するにはもってこいで、そのぬくどさに馴れてよ、すっかりくつろいでしまったただわなぁ。思えば、閉じ込められたのも満更ではなかったってことだっぺさ。

どっちが書いた代物だっていい。どっちにしろ、難渋しながら形あるものにしちまった。その形の中身はぎっしり重いだか軽いだか。そんで、その中で人は息づいているだ。健気によ。そして、その形になったものが、この風呂敷の中にあるだ。おら、それで安心しただ。もう、いいだ、出番はねぇだ。

風呂敷の中だろうが、竜巻の渦の中だろうが、比奈さとおらは一対なだということを体感したでよ。例え、仮住いから仮住いへの移行だったにしろ、充実したもんさ。言ってみりゃあ、誰でも彼でも、みぃんなが、しっかり、どこにいても息づいてるつうこったあ。もう少しの間、おらぁ、ここにいっぺさ。んだけんど、比奈さが自然消滅したみたいに、おらも自然に消えていくだから、気にしないでおくんなさい。いわば、グラデーションって形でよ。ほれ、どこから来てどこへいくのか、まるでわかんねぇ人生ってもののようによ、こうして、書いたつうことは、半紙の上に、何かは存在させただ。いつから始まっていつ終るだかわかんねぇ人生のようなもんだでよ。グラデーションって形だども、いうなら地球上によ、例え小さな一点でもよ、一瞬でも存在したことをよ、証明したなら、比奈さもおらもそれでいいだ、おらたち二人で協力してたでなぁ、ある家族の生涯っていう奴をここにとどめただわ。ちっぽけな一点をな。

それで漸く消えていけるだ。ややこしいことでねぇ。この、風呂敷の中身はよ、中央にうっすら膨らみをもった形のグラデーションが積んであるだ。それぞれの頭も尻尾も消えているかもしんねぇ。それぞれの人生ってものがいくつか重なってるっていうようなものだべ。

まっ、ゆっくら読んでもらうっぺさ……。

比奈は昼夜を分かたず書くことに専念してきた。行き詰ったり、書きあぐねたり、涙で曇って書けなくなるときもある。そんなとき、慣れた手つきでいそいそと、手元に置いた毛糸を取り上げ編み始める。手元を見ないでも勘で編めるような単純な編み方で感謝を編みこむ。この上なく世話になった人へのマフラーを編んでいる。泣いて半紙が濡れそうなとき、筆をそっと置き、編み針を握る。合間繋ぎに編んでいく。いかに、書き進められないものであったかが、編み物の進行状態でわかる。書けない辛さで、編み物は、はかどった。書くのも、編むのも、指先を動かす。比奈は、それによって救われていた。いつ、見えなくなってしまうかわからない目だから、見えるうちにこれだけのことを、させてもらえるのが、感謝で、ひと筆ひと筆が、ひと編みひと編みが大切で尊い。形あるものにしていける不思議を味わう。辛くても続ける、それに縋る。もし見えなくなったとしても、この指が支えてくれるだろうという近未来の展望さえ生まれる。

次第にうず高くなっていく半紙、そして、クリスマスに間に合ったマフラー。編み物が終りをみたようには、筆の進みは終わらず年を持ち越した。

比奈の目は、パソコンで文字を打つのも、ボールペンで書くのも無理になっていて、ようやく筆で……、という方法に辿りついたのだ。

こういう比奈の姿勢に導いたのもみたりごの仕業で、心置きなくあの世に旅立てるようにとの配慮だ。この世に陽の目も見せてやれなかったというのに、比奈の中に棲みついてのみたりごの働きだ。

四人の子とみたりごが、拮抗して存在していたなんて。そういう形で比奈の七人の子が生きてきたとは。比奈はいく度でも、そのことに深い感動を覚えて目を拭う。いつ死んでもよい、死ななければ、生きていられるはずはない、とだけ思って不本意に生きてきてしまったことを今さらのように恥じている。言葉に出して言ったわけではないが、ぶつぶつ呟きでもしたろうか。すかさず、比奈の耳に、みたりごの、この世の声でもなくあの世の声でもない、ただただだいとしいだけの声というか音色が入ってくる。

そんなことわれらみんな知ってるよ。ずっと、ずっと、母さんは、自分たちみたりごを引きずって生きてきたんだから。ときには、われらみたりごが母さんを引きずってたけど……。それを恥じることなんかないさ、というのがみたりごの言い分だ。

母さんという人が悔いもなく、われらのことを、簡単に切って捨てていたら、われらも、とっくに、あっさり消えることができたのさ。

そんな母さんのもとで生まれることができなかったことが残念で無念。口惜しくって、つい、姿かたちのないのをいいことに、母さんにくっついたまま生きてきてしまったんだよ。自分でも、僕らだか私たちだかが、わからないままにね、弱い母さんを励ましながら……ずっと、生き続けたというわけさ。自慢しているみたいだけれど、われらみたりごはいつも、母さんの危機を救ってきた。もし、自分たちがいなければ、母さんはとっくに、四人の子ちとも別れていたんだ。自分たちともね。この世に縁が薄かったということになる。子供たちとの縁もね。くどいようだけど、母さんが母さんであって、そういう母さんでなかったら、母さんとの関係が、今みたいとは思えない。母さんは間違った生き方をしてきたさ。大いなる間違いをしながらでも、母さんは、むきになる、ひたすらなところあった。反省やら修正に躍起になるし、自分の咎にする、自分の責めにする。そりゃあ、きつい。めっちゃ弱いくせに、強い。強いと思うとからきし弱い。でも、一所懸命だった。だから、それは、この世でもあの世でも続くと思う。母さんが死ぬときは、われらみたりごも一緒だ。そして、また、一緒に一所懸命さを続けるんだろうと思う。

いつしか、みたりごと比奈はしみじみと会話していたのだ。姿かたちはなくとも、いまや厳然と実在しているみたりごたちだった。思えば、昔から、心のうちに向かって、こんなふうに比奈は語りかけていたのだということに気がつく。日記はみたりごへの語りかけのすべてだったのだ、とも……。

尊いものを隠蔽し続けて比奈は命を繋げてきたが、いつしか、比奈の子、四人の子とみたりごは融合して、互いを認め合っていた。子供大好き人間の四人の子たちだったから、そりゃあ、始めは大変だった。自分の母が、そんな、命を弄ぶようなことを？　と衝撃を受け、ただ沈黙だった。苦悩、懊悩は測り知れない。そして、自分たちが生きているその意味も。なぜ、それが自分ではなかったのか？　そして、どこまで行っても納得には至らなかったろうが、隅っこで息を詰めていた比奈を暗黙のうちに救って、みたりごと渾然となり溶け合い、七人の兄弟姉妹になった。改めて比奈の七人の子の誕生となった。

比奈の思考は定まらない。みたりごとの出逢いから、一種の狂騒状態。多分、自分でもとりとめがなくて無責任。断片的だろうと、重複していようと、話が前後しようが、余分なことであろうと、こけの一念で書いていくしかない、という覚悟で取り組んでいる。書くべきことは、まだまだある。比奈はこれを終わらせなければ、ほんとうには死ねないのだろうと……そんな覚悟も同時にしていたろうか。それと、こんな自分でも間違って生かされているのだとしたら、その生かされている意味を吟味し糾し、それが少しでも理解出来たなら、それに値したそれ相当の、意味のある納得できるだけの生き方はしなければならない、と。

アンデスだったか富士山ほどの高い山地の岩窟のなかに、多くの手形が描かれている映像を何年か前に観たことがある、何千年も前に描かれているのに、それはあまりにも鮮明なのだ。大人の手も子供の手もみんな一斉に上に向けて描かれていて、描かれたというより何かで手を染め、壁に押しつけてというものなのかも知れない。いや、吹きつけという手法なのかも……。が、それを観たとき、比奈は思わず声を上げておんおんと泣いていた。生きた、生きてるよ、こうして今ここに生きた、ということを、懸命に伝えようとして、ほらね、と。生きてることを証明することに必死、という思いが、矢で射られたように比奈に伝わってきたのだ。人は生きたということを、生きた証というものを、ここに存在したということを、証明したくてやまない。それが人間という動物らしい。みたりごが、自分たちだって、ほれ、こうして生きてるよ、生きてきたよ、ねっ、存在してたんだ、ほら、存在してるでしょ、と訴えるのは必然。魂そのものだから、なお、清らかで透明な願望になる。みたりごの蘇りは、こうした深い意味を持つ。

第三章　奇跡の子

自殺未遂から始まり、生涯拭えない傷痕を抱いて生き続けるという比奈の人生は、過ちが重なっていくのは必定だったのだろう。漸くに命を繋げられた四人の子供たち。繋げることが叶わなかったみたりごたち。どちらにせよ風前の灯火を味わせたのだ。だから、それらの犠牲に匹敵する試練も比奈に与えられようと言うものだ。

突然、容赦ない腰の激痛で、仕事中に何回か倒れたことがある。何が起きたのかわからない苦しさに苛まれる。苦しみながら、ほら、やっぱり。と思い当たり、責め苦を受けます、と答えている。しっぺ返しがあって当たり前だ、どう苦しめられても仕方ないのだと。先生、医者を呼びます、救急車に電話……とか、従業員が騒いでる。やめて、すぐ治るから。比奈は這って奥の部屋に姿を消す。冷や汗かいて真っ青になって苦しみながら、うつ伏せになった。その背中の上に子供に乗ってもらい、どんどんと力を入れて歩いてもらう。もっと強く、もっと、と、喘ぎ呻き頼んでいる。

　夜中に口の中の激痛で目覚める。身が捩れる。ぼろ雑巾になって固く固く絞られていく。どの歯が痛むのかわからない。激痛で息も絶え絶え、朝を待って歯科医に駆け込んでも、あれこれ鎮痛剤を飲んでしまったあとなので、麻酔がまったく効かない中で抜歯。看護婦総出で抑えられての気絶する苦しみ。出産の苦しみ以上の苦しみだ。抜歯すればけろりと痛みは去っていく。日中は普通に仕事をしている。終わりがあると思ったがない。毎晩の歯痛、原因不明で病名なしのまま、毎日一本ずつ病む歯を抜いていき、四十歳を前にして、歯無し。総入れ歯になる。一体、自分に何が起きたのかわからない。それでも、何の因果で、と思うより先に、罰当たりのことを重ねてきた罰だと受け取る。勿論、顔も変形、自分の顔でなくなる。入れ歯は合うというのは難しく、ふがふがもぐもぐの婆ちゃん顔になる。喋るのも食べるのもままならない。その上、カタカタ音がする。接客業で逃げ隠れは出来ないその辛さも当たり前と受け取る。もっと罰せられても然るべきだし、当然の報いだと思う比奈がいる。それで赦されるはずもないけれど。気のすむように罰してください……と。こうして生きてる限りは赦されないのだと比奈は考えていた。白髪に総入歯はふさわしい。

　歯が一本ずつ抜けていくなどという事件が起きたのは、光二が歯科医院開業後のことである。夫にこの苦しみを曝け出してみせるなど、そして助けてもらおうなどとは、思い至らなかった。離婚を前提にしての別居中の頃で関係はさらなる混迷を極めていた。切っても切れない強固な蜘蛛の巣に絡まれていた。子が病んだとき行く小児科の先生が、自分の子が病気になっても自分で診られなくて、よその病院へ行かせるんですよ、という話を聞いていたから、比奈はその手を使って、よその歯科医へ行ったのだ。

離婚してからも、離婚したからこそ罰せられるのか。急性胃潰瘍での大量の吐血で生死の境を彷徨った。それも一度ではなく、何回も繰り返した。

子供を、もう、そこでは育てられないから、と、どんなに懇願しても無視され、承知してもらえずの強行な家出。四人を引き連れて、逃亡しての離婚だった。事実上も、戸籍上でも離婚しているのに、光二という人は離婚無視を貫いた。次もその一例。

子どもを生かし、実家を支え、生きていくためには、その地で食べて、養うものを養っていくしかない。収入源であるパーマやの店、そこから逃れようがない。切実な思いの結果、光二本人との交渉ではもう離婚できないし、埒が明かないので周囲の人たちに離婚を公言、宣言することにした。光二もまさかここまでされては、折れるはず。苦肉の策を弄し、白昼の引越しをした。これまでは光二を尊重し、夜の闇に紛れて荷物を運び出したりしてきた。比奈の弟妹、店の従業員まで総動員しての鉄面皮になっての決意だった。まわりが周知の離婚後に住む小さな庭付きの戸建ての家への引越しは光二への二度と戻らないという、死ぬか生きるかの覚悟でのことだった。光二と一緒では、家族が生きていけないのだから。光二も開業した。自立して生きていける見通しはついた。比奈は自分に課した役目をまっとうしたのだ。

その引越しの際、手伝いの人たちに混じって光二がいた。えっ、どういうこと？　心臓が一瞬止まる。想像もしていないこの光景。ご機嫌だ。にこにこ笑いながらダンボールなど運んでいる。下の二人も小さな荷物を持って行列に加わり、父親の後について、特別な日だ、と、楽しさに満ちた顔をしている。路地の奥だったので、軽トラも入ってこられず、重いピアノなどは、まるでお祭り騒ぎのわっしょいわっしょい。その先頭を切っている光二。比奈は何が何だかわからないでへなへな。絶望を越えると滑稽にもなるが笑えない。酒屋から、酒だ、ビールだ、ジュースが運ばれ、寿司屋から寿司桶がいくつも配達され、手伝ってくれた人々にご苦労ねぎらい引越し騒ぎも終る。そして、またも始まる恐怖。二階へ登って来る光二の足音に生きている心地もなく怯え切っていた頃、比奈の抜歯は続いたのだった。後々に聞いた話だが、あの家は殺人事件のあった家で、それを知らずして借りたらしい。その後、火災にあって、消失した際、殺人のあった忌まわしい家だったと明らかになったのだが……知っていたら借りなかったろう、と言われたが、どうだったのか。藁にもすがりたかったたから、たどり着くのは所詮そこであり、四人も子供がいると言っても嫌な顔一つせずどんなにか救われたか。そこで命からがらの思い出を重ねただけで、何を頑張ったのか、何ヶ月とどまれたのだったか。

酒乱の深夜、豪雨の中を母子五人で逃げ出して実家へ。かつて実家に助けを求めたことはない。あのときが最初にして最後だったが。子供たちは実家から学校に通い、比奈は三日三晩飲まず食わずの痴呆になっていた。もう、あの人とは暮らさない暮らせない。いったいこれまで何をしてきたのか、何を重ねて生きてきたのか、口にしたらお終いだが、尽くしに尽くしてきたつもり。子供がいたから、そしてその子供が築いてくれたといえる家庭を、あの人は容赦なく崩壊してみせた。この子供たちにどうわかってもらえるのだろう。酒乱であろうと父親は父親だ。パパなのだ、だからと言って、もう、戻らない。戻れない。赦せ、子供たちよ。あなたたちのためなのだよ。何があろうと……。決意の決意。比奈と子供たちだけとの再スタートだ。あの人にはもう、歯科医院という生きていく場所、城ができたのだ。子供とだけとなら明るくやっていける。この岐路が、光二にとっての自立への到達点でもあり出発点でもあろう。悔いなし。別の道を歩むのみ。

その挙句が、あの引越しの光景。茶番劇だった。

あれほどの覚悟が砂上の楼閣にすぎなかった。夢として潰えたのだ。家族のいる場所が光二の居場所だと言わんばかりに、あたりまえにやってきて泊まり込んでしまう。彼にしたら当然至極のことらしく、悪びれた様子もない。子供のいる所に俺はいる。ということか。子供をしかめ面をして寄せつけない人が、こういうときは子煩悩というプラカードを掲げる。比奈はとんでもないことをしたろうか、と、強引な反省を求められている具合になる。しかも二箇所に家を持った気分らしい。ここは別荘なのか。これ以上いったいどこへ引っ越せば、逃げればいいのか比奈の苦悶の思いとは遠く、娘は自分たちと別なところに住むパパが可哀想だと言って、冷蔵庫に入れてあった貰い物のわさび漬けを持って、パパの所へ行くといって行方不明になるやらがあった。手分けして探した。幼い娘が、暗くなった町の中を必死にわさび漬けの包みをぶら下げてとぼとぼ歩いてる姿。泣きもしない気丈さで、など、誰に見せられようか。パパが可哀想という構図は光二の醸し出す雰囲気がつくるもの、こちらは加害者、光二は被害者。比奈は明るく元気を装う虚偽の姿で、光二は哀れっぽく振舞える人で同情を引くに巧み。子供たちと話し合い結束した最初の決意はどこへやら、比奈は子供全員から詰られ問われている、という思いに囚われていきノイローゼにもなる。絶体絶命に追い込まれた。結果はどうあれ、家族の一人を捨て置いて出たのは悪だ。あらゆる面で自分は許されることはない。重い罪を重ねすぎた。結局、子の父への思いの強さ哀れさに負けて戻った。比奈は生きもしないで生きてる屍同然だった。戻ってしまえば光二は変貌して元のモクアミ。子供への愛情も消失している。比奈にも、よく戻ってこられたものだと詰るのだった。怪我にしても病気にしても、死ぬほどの思いをさせられながら、その度にどうしてか、死にもしないで子供たちのもとに帰っている。あの世からよばれているのだ、という覚悟を比奈はいつもしていたというのにである。

ああ、そうなのか、やっぱりと気がつく。今、みたりごが、ここに、ともにいてくれる実感があるから、しっかりの納得だ。みたりごが語ってくれたではないか。だから実感の実感だ。あの時、その時々にみたりごがいて、比奈を助けた。助けてくれていたのだ、と。それでなくて、どうして、今までを死なずにここまでをやってこられたろう。こんな、どうしようもない親のために、よくもまあ。みたりごたちが。思い当たることばかりではないか。みたりごのパワーといったものを信じている今、ただただ支えられて生きてこられたということに、しみじみするのだった。

離婚して十年以上も経て子供も次々巣立っていった。住みついた市の山岳会に入って参加した登山では、比奈は二回死にかけている。

一度目は、雨が降っての戸隠での鎖場でのこと。先輩が鎖を下で支えてくれていた。手が滑った。足元は崖っぷち。雨でけぶって谷底は見えなかったが深い谷。比奈の足は大きな岩の上に着地せず宙に浮いた。先輩を巻き添えにして滑落しても不思議はなかった。左手が鎖でぐるぐる巻きにされ、薬指中指は捩れて互いに絡まっていた。捩れを戻すと二本とも根元から離れてぶら下っている。比奈は人知れずそれを元に戻し嵌め込み、鉢巻にしていた手拭いで激痛の走るそれを、とにかくしっかり固定した。呻き声が出そうになるのを、こらえるだけでも、精一杯だったが、その夜はテント泊で、マットの下を雨が轟々と流れていた。疲れきっている仲間たちの鼾の合唱、テントを打つ激しい雨の音で、比奈の押し殺した呻き声は消されたものの、耐えられる痛みではなかった。左の手だけではなく腕までぱんぱんに腫れ上がったが、解散まで仲間に知られることなく帰ってこられた。ベテランの先輩のお陰で滑落をまぬがれたにしても、なぜか助かったのだ。今にして思えばあのときも、みたりごは一緒にいてくれたのだ。

山へ行ったのは自分の意志。離婚していなかったらありえない自由を得ての山行だ。山岳会で会長を除いての最年長の比奈は、それでなくても厄介をかけていて弱音は吐けない。家族にも、ちょっと挫いた、と言っただけで何食わぬ顔で日常をこなし日を送った。薬書大の膏薬を二センチ巾に長く繋げて切り、指に螺旋状に巻きつけ、割り箸をしっかり当て、つまりギプスのつもり、しっかりその上から包帯をするのが治療だった。膏薬をただ貼りつけるのではなく、しっかりきつく指に巻きつけるのは痛む指が教えてくれた。きつく固く締めることで痛む指が安心するのだ。あまりの痛みには氷で冷やせと訴えられた。このときも、罪深いことをしたゆえの天罰だと思った。これでもかというほどの痛みは繰り返しやってきたけれど、それでも、危険は指だけにとどめてくれて、命は奪われなかった。存命している四人の子のもとへと比奈を返してくれた恩人は、比奈が犯した罪の当事者である受難者のみたりごたちなのだ。この世に生まれてこられなかったみたりごの力なのだ。

歯痛から始まって、死んだ方が楽という苦しみを通過させられたが、どうしてか、胃潰瘍のときも、山での滑落のときも、危機一髪で救われている。救われるためにはあの激痛は避けて通れなかったのだと……これで、赦されたと思ったら、大間違い。比奈は、まだまだ自分は痛い思いをして償わなければならないものがあるのだ。それだけのものを背負った一生なのだからと、思い思いしたものだ。

その通りであって、その後も、危機一髪ということに出遭っている。その命を拾いながら生かされてきた。

左肩の腱板断裂のときもそうだった。これも、山を歩いていて足を踏み外したが、踏みとどまれなかったら稜線から姿を消していた。そのとき重心を支えるのに異常な力が入ったのだろう。どこかがぷちんと切れた音がした。が、それで難を逃れたものの、底知れない体の重さを持て余した。何がなんだか皆目わからず、このまま気を失ってしまうのかと、それを人に気取られぬままに下山してきた。左腕はブランと下がったまま上げることも出来ず、その夜は、左腕は丸太んぼうのように腫れ上がり、身動きも出来なかった。一晩中激痛の中にいた。腱板断裂と診断され手術、麻酔で眠っている間のことだったが、麻酔が切れての、その痛さは言葉で表現できない。生死を彷徨った。耐えられなくて、つい、呻き声を上げてしまって、意気地なくてごめんなさい、と、見回りに来た看護師に詫びると、いいえ、この、手術は大変なんですよ、どの手術でも終ってすぐレントゲンを撮るんですけど、手術の中で、この手術をした人の顔は見られないんですよ、よほどの苦痛を耐えてきたか、みんな物凄い形相しているんです、この、手術だけです、そんな顔になるのは。だから、いくら痛がってもいいんですよ、と慰めてくれた。比奈は呻きながら、どうか、子供の誰も、孫の誰もが、腱板断裂などにはなりませんように。間違っても、この手術を受けるようなことに巡り合いませんように……比奈は呻きながら一心に祈っていた。

ああ、まだあった。乳癌のときは、思ったより大きくて勿論これで終りと覚悟の手術。が、臨死体験をした上で生還してしまった。転移もせずに、ここまできたのは、身のほど知らずの奇跡に出逢っているということだ。これらすべてに、みたりごが関って手助けをしてくれていたのだ。それにあやかっているとは、あまりにも甘え過ぎていないか。

腸閉塞も何がなんだかわからない痛みに襲われた。これまでどんなに痛かろうとも死ぬまで痛みが続くわけではない、と、自分に言い聞かせ堪えてきたが、腸閉塞の痛みばかりは、痛みは止むことなく我慢していたら死んでしまうのだということを知った。入院してから痛みは遠のき絶食で様子を見て、四日目には手術と決められた。手術直前、ガスが出たことで、放免されたが、手術となったら老体だから一挙に衰えていったはずだ。

いつ何があっても、おかしくはない比奈。それだけのものを負っている。いつでもお受けします、と、あちら側に逝こうと覚悟していたが、とうとう八十も過ぎた。重ねてきた重い罪がありながら、今、現在があるということの不思議が続いている。ふてぶてしいというか、自分ながら呆れるしぶとい人生だ。あり得ないはずのものがあるという現実に比奈はときどき怖くなったものだ。そして、改めて、いつどんな悲惨な目に遭おうともお受けします。と、自然に向けて頭を下げている。それを繰り返し、つまり、救われてきた。みたりごがついていたから、というが、それではあまりにも恵まれ過ぎだ。〝いい気になるな〟と自分を叱る比奈がいる。

それに輪をかけたいい気さかも知れないけれど、自慢話を少し加えさせて……比奈はこそりと誰にともなく言う。

鎖場での件から何ヶ月あとだったか、左胸脇に腫れ物、癌化する怖れありと脅され入院、手術した際、左手の不自由さを見て取った担当医は、院内の整形外科へ行くようにと勧めてくれた。レントゲンを撮ったりして診てくれた医師は老齢だった。これだけの怪我で医師に診せなかったんですか？　一回も？　こりゃあ、凄いものを診せてもらった。治ってますよ。完全に。病名を言ったら、七つ位つくよ。複雑骨折、靭帯断裂、とかね。曲げて使えるようになるためには手術の必要があるけど、この手術は非常に難しい。手術をしたとしても、元通りになるとは保障できない、多少不自由でも、このままでいいのじゃないかね。医師はそう言いながら、いやあ、あっぱれだ、見事だ、女は強いとは聞いてるが、ここまで強いとは。いいものを診せてもらいましたよ。ありがとう。今日で私は退職でね、最後にいいことと出逢ったよ。

ああ、ほんとうにご立派だ。多少、寒いときには痛むとか、曲げられないから不自由でもあるけど、利き手じゃなくてよかったね。医師も比奈も深々と頭を下げて別れた。

ただ丹念に湿布薬を張り替えていただけで治っていたとは……大体、どのくらいの怪我だったのかも知らなかったのだ。それで、褒められてしまったことは、比奈にとって、こそばゆいことだった。一生使えない指と言われたし、もう、先もないことだし、と思われたろうが、あそこまで認めてくれたなら、これから、この指たちを使えるようにしてみせることも、できるのではないだろうか？　比奈は、痛いから、曲がらないから、と、そっとしておいてやるのだけが、今後の在り方だろうか、指たちにとって望ましいことなのだろうか……。

ふっと、思いついた。

七・五・三の祝いのとき娘に人並みの祝いをしてやれなかった分、ピアノを購入した。娘のためでありながら、男の子たちも、その気になってピアノを弾く子が出てくるかも知れないという望みもあった。それぞれピアノを習わせた。それなりに効を奏したか音楽関係をやっている者もいて、ピアノを愉しみとしたことから広がってギターだバイオリンだと賑やかだ。が、今となっては、このピアノは主のないまま黒い大きな顔をして鎮座しているだけだ。

これだ、比奈が目をつけたのは。なんでも、生かしきるのが信条の比奈。そこで、取りついた。楽譜も読めない比奈が、独学でピアノを弾こうというのだ。あちゃらとこちゃら背中を向け合っている左手の中指と薬指、始めから方向定まらぬまま踊ってる。踊りたがってる。ドレミファ、一本ずつ方向づけをして置いてやる、音を出す気はないらしい指たち。そっぽは向いてるし、痛いし、根気よく音の出るまでの繰り返し。痛いながらも、次第にその気になる指たちの努力。生きものだから、興味津々の努力好きなのだ。気がついたら、バッハの平均律クラビーアをなんとか弾いている。どうせ、覚えるなら、最初から、自分にとって親しくて、好きな曲がいい、その通りだった。弾みになるし飽きない。

比奈の指は、絶好のリハビリの場を得たのだ、ピアノのキーがちゃんと音で答えてくれている。もう、背中合わせでもなく、捻くれ捩れた様子もみせず、仲よく爪を天上に向けている。整形外科医が、使えるようにはなれないだろうけど、と申したことは、反古になった。ベートーベンの月光、エリーゼのためにとか、初歩的な楽譜によるものだが、レパートリーも増えた。たどたどしく譜も読めるようになっている。ピアノのキーが譜の読み方を教えてくれた。比奈得意の一挙両得をものにした。教則本通りにやったら、指の痛むのをも口実にして、飽きて三日と続かなかったろう。好きな曲に挑戦しなよ、とは、長男の助言だった。

そう言えば、末の子からも励まされ絵がかけるようになったのだっけ。子供を育てるときに、絵を描いてやることも出来ない親で情けなかった。汽車ポッポとバスくらいで。絵が描けたらどんなにいいかしら。高校の美術部で油絵をやっている末の子に向けてぼそっと言ったら、誰にだって絵は描ける。見たままを描けばいい、と言われ、比奈は目の前にあった半分に割いた白菜を、その場で時間をかけて鉛筆で描いた。見てもらったら、いいんだよ、これでうまいよ。と言われ、そうか、見たままか、見たままね、と、それから、水彩、油彩と試み、絵を描く愉しみを覚えていった。巨木を探して逢いにいくときも、逢えた場所で写真ではなく、巨木の一部分だけでもスケッチブックにとどめてくる。写真とは、また違う臨場感がそこに刻印される。空気感だ。そのとき感じた思いも、風景、匂い、草や土のそして風の、汗の流れまで。

比奈には、こういう子供たちがいる。その子供たちが先生だった。あらゆることすべてに、それは実証された。離婚してからは、それぞれ通学のため自転車を買ったから、新しい土地ということもあり、探検をかね自転車を連ねて図書館巡りをした。競って本を読む。揃って面白かった感動したなどと感想を言い合う。比奈は刺激をもらえた。これも、自慢話なのだろう。調子に乗っている。ともかく読書好きの子供たちだった。

ついでに、もう、ひとつ、比奈にとってだけの勲章ものがある。胃潰瘍で生死の間を彷徨い、その後ずっと、定期的に胃カメラを飲み医師の管理下にあったが、ふと、何かが違う、という気がした。比奈は、医師に伺った。薬は一生飲み続けるのでしょうか。そうですよ。そう、のたまわれたが、比奈の直感は、そうとばかりは限るまい、だった。独断で、病院には行かない薬は飲まない、と決めた。薬に頼らない体になることだ。その足で市民プールに行った。泳げない金槌の比奈。恥も外聞も、気にしない白髪の老女。もし、溺れそうになったら、多すぎるくらいの高校生のバイトの監視人がいる、誰かが気づいて助けてくれる。安心して独学に励めばよい。浮くようになれば、もう、しめたもの。一メートルなんとかなれば二メートルに繋がる。そうなれば、五メートルを目指す。その頃には、潜るのも上手になっていて、プールの底から人の泳ぎを観察する。泳いでいる人がみんな先生だった。市民プールに秋が来て、水も冷たくなって閉鎖するころには、十メートルが二十メートルになっており、プールの端から端まで、往復できるようになっていた。振り返って、プールの水に手を振った。あっぷあっぷして、あの水全部飲んでしまってもよいから、泳げるようになりたいと思った夢が実現したよ、と。そして、その手を合わせてもいた。合掌したままシャワーを浴びていた。

あれから、胃潰瘍での吐血もなし。泳ぐことで体質を変え一生の病気を追放したのだ。今もって、胃について悩むことはない。胃が快癒したことも痛快、通院する時間が浮いたことも、医療費もゼロで健康維持、これって、やっぱり一挙両得よねぇ、比奈は快心の笑みをほころばし、指が治っていなかったら、水泳どころではなかった、との思いにもいく。

黙って聞いていれば母さん得々としての自慢話ですね。

比奈はみたりごの存在にうっかりしていた。赤面した。そうだ、あのときだって、奥の奥のほうから、〝それ、頑張れ、めげるな〟って、励ましてくれていたんだ。うへえ、元気やらアイデアを貰ってばかりじゃないか。まるで、独りでやってきたように自慢してさ。あかんことでした。

みたりごよ、思えば、みんな、どれもこれも危機一髪で救ってくれていたんだ。その上、リハビリにまで導いてくれて……。みんなみんなそうだったんだね。いつも力になってくれていたってことよね。今頃、実感するなんて恥ずかしい。ああ、遅すぎる……。ありがとうの言葉しかないわよ。

みたりごのわれら、母さんの、その素直さが好きなのさ。ただ、一心同体だったことを、もう、忘れないでよ。

あの弔いの日だったね。急にみたりごが現れてくるんだもの、びっくりしたわ。そして、みたりごの健気さにも、もっと驚いて、母さん泣きっぱなしで駄目母さん丸出し。ただ申し訳なくて、しまいに何もかもわからなくなって。

もう、その話はやめよう。どっちにしろ合唱だったんだ。あのときの凄まじい泣きっぷりで、みんな解けちゃったんだよ。

でも、あの日、走馬灯なんてものではなかった。生きて来たすべてが、どっと押し寄せてきて、押し流されて。流されながら、みたりごに四人の子が混じり、みんなが生きていることを実感して。でも、その前にすべてが露呈されていて、ただただ残酷過ぎる過去が炙り出されていて。どうして、あれらを乗り切ってこられたのだか。そして、今というときがあるのだから、皆目わからなくなる。それも、一人の人間が死んだことですべては始まって、そして終ったという……走馬灯は消えた。

これらの炙り出された光景は実体験をした当事者以外誰も知らない。知らないことでの救われ。誰にも言えることではない。あの惨めさは誰にも知られたくもない。ひた隠しだ。いや違う、表現のしようがない。伝えようがない。どう説明したところで、本当とは思ってもらえまい。その前に唇が凍っている。そう言いながら、比奈は、その中のひとつの絡まりを拾い上げている。次男を出産した当時のこと。

その前、長男は、頑張って産み落としたが、次の子はとどめられなかった。夫という人が発している言葉は理解しがたいものだったし、人間の言葉のような気がしなかった。何もかもがわからないし、その中ではとても生きていける状態ではなかった。途方もない闇にぐるぐる巻きにされているようなものだった。何もかもを放り出して背に長男を括りつけ、腹には胎児がいて、都合三人で利根川の水の中に入っていった。子を巻き添えにする馬鹿な真似をしたからか、死に損なって戻って来た。真夜中のことだし、泳げない比奈。充分死ねるはずだった。首まで漬かってのいざというとき、背中の赤子長男が笑ったのだ。天心爛漫無邪気そのもの、何がおかしいのか、けらけらと。比奈は項垂れてこの世に戻ってきた。そのことを誰も知らない。犬にも猫にも逢わなかった。川から相当の道のりだったと思うが、煌々とした警察署の前も悪びれもせず、というより心も気持も失せて空っぽ、ただの腑抜けが歩いて通過した。もう水は滴ってなかったのか。

そんな罰当たりをしたから、またすぐに身ごもった。そんなはずはない、俺の子じゃない、今度生んだら承知しない。夫の声は耳の中に居坐ってがなりたてている。毎日が生きている感覚を失う過酷さで、その源を作った当事者は痛くも痒くもないらしいし、どう訴えても聞いてくれず、途方にくれるなどという生やさしいものでもなく、逃げ場もないわけで、思い余ってという思いを越えて、夢遊病者のようなものだったろう。おんぶするには重くなった長男を背に、腹に子を宿した女は、夫光二の実家を訪ねていた。前もって電話を入れ、お話したいことがあるので、と頼んである。店を早仕舞いして行った。まだ宵の口だ。家族は寝静っていて、声をかけても誰も出て来ない。比奈は広い土間の上がりがまちに腰掛けて、いたずらに待ち続けた。長男は事態を察知しているのか、緊張した面持ちで比奈の膝の上で大人しくしていた。わけもわからないだろうに、じっと、比奈を見詰めている。光二とでは離婚の話も埒が明かないので、苦肉の策だった、これ以上の決意勇気は出しようがない、夢遊の仕業が、直接、舅、姑に訴えに来たのだ。義兄にも、兄嫁さんにも聞いてもらえれば……別に、夫が自立するまでは生活費や学費を出してもらえるはずでしたけど、など詰りにきたわけではないのに、夫光二からだけでなく、ここでも比奈は無視されている。七、八人の大家族、中学生、小学生の子もいるが姿は見せない、咳ひとつ洩れてこない。比奈は、屈辱に苛まれ涙もでない。この惨めさは何なのだ。思えば、敵陣地へ殴り込みに来たとでも思わせてしまったのだろうか。違う違う、嘆願にきたのだ。単なる直訴。どうぞ、光二を引き取ってください、と。見抜かれていたのか。拒否だった。もしかしたら、光二は実家から厄介者扱いされてでもいたのだろうかという思いが、ふっと掠めた。人間扱いされない次男の嫁の比奈は、そっと、ひっそりと夫の実家を去った。

　月が煌々と冴え渡っていた。見渡す限りの田園風景の中、長い一本道をとぼとぼと歩いた。背に長男を、腹の中には、その弟か妹かになる胎児を羊水の中に浮かべて。その前に浮かんでいた胎児はすでにいない。比奈はその一人をも秘かにしっかり胸に抱いていた。この胸に抱いた子は羊水の中にいるとき、もう一つの水、利根川の水にも浸った経験を持っている。隠したって隠せない。月が見ている。比奈と三人の子を月に曝して、透視されて、地に足がついているのかいないのか、すたすた音だけを残して、空を蹴りながら月に向かって上昇している心地になって歩き続けた。腹にいる子が初めて腹を蹴った。上昇を助けるためにか。

　唐突に今気づいたのだが、この道は、比奈が少女の頃、敗戦当日に母と二人で戦死した村人の葬儀に使うための冬瓜を探しに歩いた道だった。あの時は、太陽に曝され、今は月に晒されて。二十年の歳月を経る中で東京に戻り、焼け跡生活も経験し、そして、また同じ道を歩いているとは……。

　そのような胎児経験をさせられた次男を出産したとき、産室に光二が現れた。ああ、赤子を見にきてくれたのだ、比奈は嬉しかった、赤子のためによかった。優しい言葉のひとつもかけてくれるかも知れない。これをきっかけに変わるのかも……それほど、子の誕生とは尊いものだ。厳粛なものだ。目まぐるしい期待に、張ってくる乳房とともに、胸躍らせたろうか。よかったねぇ、と比奈は赤子に話しかけながら生まれたての皺くちゃの顔でも見て、同意を得ようとでもしたのだろうか、その間に、光二は産室に入るでもなく姿を消していた。玄関口にチェッ、と唾を吐きかけ去っていった。声もかけてくれずに？　まさか……。比奈の実家と今入院しているこの助産婦の家は路地の始まりと終りになっている。産室は路地に面していたので、比奈は光二の足音に聞き耳を立てていた。ここを通らなければ家には帰れない。比奈たちは実家に同居していたのだ。その前に、ここへ寄ってくれるはず。きっと、何か手にぶら下げて帰ってくるのだと思った。改めて、ゆっくりの時間を作って、また、現れるはずだと期待した。だが、それきりだった。願っていた。祈っていた。この子のために、もう一度現れることを。この子は二人分の命を持って生まれてきたのだから。利根川の水に漬かったあの子は、何が何でも生きたかったから、すぐに命を繋げた。こうして、新たな命に託したあの子の分まで背負って、この子はこの世にやってきたというのに。二人分を無視されたと思えて、この二人の赤子のために悔しく、比奈は張り裂けんばかりに悲しかった。

　産褥のせいもあったろう、神経が立って眠れなかった。あれきり、この路地を通る光二の足音はしないまま夜が明けた。その間に、いくたび、別の足音にほっとしたり喜んだり、その反動でげんなり力を落としたり、待っている自分を嘲笑したりしたことだったろう。どこかの飲み屋で酔い潰れているのだろうか。辛かった結婚に至った前後の情景などの再現。蓋をして蓋をして、閉め捲くって、たどたどしく生きてきたというのに。目を覆うそれらの場面と重なって、生まれてきたこの赤子と入れ替わった胎児への思いも、同じわが子なのに。わが身が犯した罪業が間断なく入れ替わり立ち変わり現れて、お前って、一体何してんの？何のために生きてんの？　と問われっぱなし。生きている意味なんかない。責任あるがんじがらめの身で死ねないだけ。でも死にたい、子供とだけで生きていけないなら。それにはどうすればよいのか。薬物でも入水でも死ねなかったし、ああでもないこうでもない、血の繋がりがある生きるのに旺盛な実家の母や弟妹の顔たちが列になって現れ、どうしてくれるのよ？　どうするつもりなの？　と攻め寄る。自分勝手な判断は赦さないわよ、と詰られる。詰られたことに答えるでもなく、二歳になる長男と生まれたてのこの子と、ああ、もう一人の姿なき子と、比奈との母子心中を。懲りることもなく、ああだこうだと企てることに余念がない比奈。どこまでもリアルに、死ぬ方法を編み出している。ますます残酷になっていく母としての自分に、何度でも悲鳴を上げている。

それらの苦汁の中でひと晩中あっぷあっぷ泳いでいたのか、気づいたときには、あんなに豊かに漲って熱を持っていた乳房が冷たくなっていた。母乳で充分育てられる、と、産婆さんからは太鼓判を押されていたのに。生まれたての次男の唇に乳首を押し込んで吸うことを覚えさせようと、母と赤子で必死になって初乳を含ませただけで、その乳房は頑なに乳を出すのを拒んでいるというか、死の沈黙。たった一回切りでお役ごめんを決め込んでいる。乳は止まってしまったのだ。温かく溢れていた乳はどう押しても搾っても一滴も出てこなかった。未練がましく赤子の小さな口に無理矢理押し込んで試してみたが、死んだ色をした冷たい乳首は拒否された。赤子はむっと唇を結んで横を向いた。同時に、比奈はひと晩で白髪になっていた。

暴風の海で遭難、浜辺に打ち上げられ助かったと気づいたとき白髪だったという話を、小説の中では読んだことがあるが……。比奈は部分的に死んだ。母なのに、赤子の命綱である乳房を殺したことになる。三十前の二十九歳のときである。わが子と死んでしまおう殺してしまおうなどと本気で思ったからの罰であろう。

十日を過ぎても光二は赤子の名前も考えてくれないとわかって、命名は白髪を隠すための帽子をかぶった比奈が決めた。産褥の床の中で筆を持って太々と「命名　明」と赤子の名前を書いて、明の枕元にぶら下げ、しげしげ眺め、明を抱いてようく見せ、これがボクの名前ですよ、と、しっかり教え、ほっとしてから比奈は店へと出かけて行った。あら、まだ、二十一日は経ってませんよね、と従業員から、心配交じりに言われたが、もう、大丈夫です。明日は大安、赤飯炊いておぶやきにしますから、みんなで祝ってください。この手不足のときに寝てもいられません。まず、この白髪を染めてください。帽子屋ではないのだから、店主がいつまでも帽子被ってるわけにもいかないしね。

　染めてもらう間、比奈は母の言葉を反芻していた。赤子を産んで二十一日は、お日さまに当たってはいけない。穢れた体を太陽に向けては罰が当たる……と。何故、意味を聞かなかったのか？　昔者の母の言葉には、何かしら罪の臭いと女を卑下し過ぎるきらいがある。昔の女は、まして下層階級の女はそんなふうに躾けられてきたのだろうか？　母は哀しい育ち方をしたのだと……女の性の痛ましさの代表が母のような気がして抱き締めたくなる。産褥という言葉も当たり前に使われているが唾棄したくなる。

　そして、この次男は学齢前の年、病名不明の病気になる。トイレにいくのが間に合わない。血尿が出るので、おしめを当てておく。何枚も、おしめを重ねておいても血尿でびっしょりになるのであった。幼いながら本人はどんなに不安だったろう。血を見ると脅えた子なのだから。めったにない病気だが人工栄養の子に限り罹るのだと。たまたま市長の息子が次男と同年齢でその病気をして、大学病院に運ばれ、ほかの医大からも医師が駆けつけたりして大変な騒ぎだったらしいが、一命を取り止めたという直後だったので、次男はそれにあやかっての治療を受け無事だった。一介のパーマやの息子が初めて、この難病に出遭ったのだとしたら、命を落としていたかも知れないのだ。そのような病気になるなどと、比奈の罪は子供にまで引き継がせているのだった。

その後も、長男と次男で全身痒い痒い痛い痛いの皮膚病になる。足の先から頭のてっぺんまで掻き毟るので膿が出るわ、血が出るわで大変だった。全身腫れ上がってぼこぼこになる。毎日皮膚科に通った。祖母が付き添い。あんたの子は凄いよ。堂々としていて偉い。あたしが恥ずかしがってちゃいけないってことを教えてくれたよ。塗り薬と包帯取替えだったが、膿でくっついた包帯取替えは辛く難儀した。包帯ロボット、歩く異様な子供の姿は目を背けられるか、じろじろ見られるかだった。包帯で覆面され、幼い子供の目はそこだけ開いた穴から、そのとき何を見ていたのだろう。それでも胸を張っていたというのだから。

快癒までには一年半かかった。これも、家庭環境病といえる。子供たちは黙ってみんな背負ってきたのだ。幼い子供の心の精神の痛みが噴出したものとしか比奈には考えられなかった。が、あのとき、救われたのは彼らに妹が生まれたことだ。赤ちゃんが可愛くて可愛くて傍を離れないのだった。何もわからない赤子にいろいろと話しかけるやら、お歌を唄ってやるやら、ときの経つのを忘れる没入のしかただった。こっち向いて笑った、とか、ちがうよ、ぼくのほう見て口動かしたんだから、話しかけてくれたんだとか、奪い合いでもあった。父親が無表情に徹した人だったので、表情豊かにやりとりするこの光景は、比奈の心をも豊かにしてくれた。

家庭環境によるとなると、長男のこともそうとしか言えない。長男は普通よりも早く言葉を覚えた子だ。離乳食が始まった頃で、お口ああーんとかいって母親比奈は自分が大きな口を開けて、スプーンを口の中に入れて見せる。赤子に真似をさせようと。漸くお坐りが出来るようになった赤子の口におっぱいではなく、こんなおいしいものもあるよ、と教えるために。赤子もつぶらな瞳で必死。スプーンを受けるために開いた可愛い口から、ごく自然にあちゃん、たどたどしいが、はっきり、そう言った。えっ、うっそ？　ほんと？　ああちゃんって言ってくれたの？　ああちゃんて？　わが子が初めて口をきいた一瞬だ。比奈は耳を疑った。ああちゃんって言ったの？　比奈が、赤子の瞳を見詰めたとき、赤子はつぶらな瞳を一層耀かせながら、またも、ああちゃんと言ったのだった。抱きしめて頬ずりして、ああちゃん、ああちゃんを連発した。どちらが声を発しているのか、呼応しあっての、ああちゃんああちゃんだった。それからというもの、まんま、おぶ、にゅうにゅう、あっち、などを始めとして可愛い片言での言葉がどんどん出てくるのだった。

可愛い口元から単語で押し出されていたものは、いつの間にか、接続詞がついて、ちゃんとしたお喋りになっていた。這い這いも上手だったが、よちよち歩きをするのも早かった。歩く前に、もう、いっぱしに会話が成り立つ赤子だった。健康優良児の上に、すこぶる言語発達が早かった。その子に次男が出来てお兄ちゃんになって、自分はお兄ちゃんだと認識して、笑っちゃうぐらいのお兄ちゃんぶりを発揮していた頃、何でそういうことになったか、原因はまるで覚えていないが、その一件は起きた。比奈が次男と添い寝しているとき、長男は起きてよう、とか、駄々をこねていたのかも知れない。ここへ一緒に寝なさい、ほら。比奈はそんなことを言っていた。

パーマやの月二回しかない休みで、家族がともに過ごしているひとときだったと思う。急に烈火のごとく怒った光二が、突然、水をぶっかけたのだ。比奈に、であったのか、長男に、であったのか、母子の三人に、であったのか。離れの一間きりしかない部屋に、備え付けの小さな台所の流し台があった。そこの洗い桶の水を一挙にぶっかけたのである。中に、茶碗、コップも入っていたのだろう。一緒に飛んできて、長男にぶつかった。コップは柱にぶつかって粉々。そんなことがあってから、長男は寡黙な子になった、と思っていたら、ある日突然、不自由な苦しそうな話し方になっていた。顔を赤くして懸命に言葉を押し出しているのだった。吃りながらだ。思わず背中を撫でていた比奈は悟った。あの日からだ、口をきけなくなったのは。それから、この子は苦難の道を歩くようになる。

子どもの誰もが比奈も含めてみなが吃ってしまってもおかしくはない理不尽な生活だった。だれかが代表で犠牲者になる仕組みだったのかも知れない。頭脳が明晰でも特殊教室に通ったり、発表するとき言葉が出ないまま教室で立ち往生する学校生活をするようになったのだ。

社会に出てからも研究発表などで、心ない人から嘲笑を受けるようなことがあっても、彼はそれら屈辱や悩みを独自な方法で長い期間をかけて乗り越え克服してきた。とことん明るい性格をも作りあげたが、そういう過程を経てのことだった。

比奈の耳には拭っても拭っても拭えない言葉が飛び込んでくる。孕んだだと？　堕ろしてこい、その剣幕に恐れをなさないものがいるのだろうか。怒声ではない、押し殺し内にこめた声なのだ。比奈は、それじゃ、子が生まれてくるようなことはしないでください。喉の中で絶叫している声は外へ出ていかず、怯え震えながら喉の奥へと尻込みして消える。比奈はただ怖かった。光二の発しているものに、ただならないものがあって比奈の背筋は冷たくなった。わたしにしがみついている命なのですから生みます。わたしの子です。わたしが育てます。これも喉のうちだけの絶叫に終る。強い決意の言葉は心の中だけでの塊りとなり重石となって居つき、黙って生んできた。俺の子じゃないからな、と、釘をさされる。人間じゃない声。生まれたら、籍に入れて何が何でも離婚しますから。今一緒にいるのは父なし子にするわけにはいかないからです。これも、外には出ていかない言葉だが。それだけが望みで、堪えて堪えて生み落とした。それにも限界があって叶わなかった。抗しきれなかったことでみたりごが……この世は地獄……この世に存在してもしなくても地獄は地獄。

最後の子のときは消されてしまった子と同じ扱いを受けるところだった。地獄のような日常、目も当てられない中に子を産み落とす勇気はどこを探してもなかったのだ。いつでも、母子心中をしてしまうしかない状況だったのだから。首を吊る場所は古い家だったから、梁など剥き出しのところがあって、いつでも手招きしてくれていた。ぶら下がって比奈が舌を出している図は定着、そこだけに空気に色がついていた。淡く太く虹が立っていたろうか。それしか方法はないところまで追い詰められ、もう限界だというそれが日常で、普通の状態だった。末の子は生まれてはきたものの、上と下に見えないはらからをともなっていたのだ。比奈はその見えない子も一緒にして末の子を育てたのではなかったか。

子供への不憫さは沸点を越えていた。いつでも警察へ行きたい、保護されたい。子供と比奈で鉄格子の中で安住できるだろう。しかしこのままというはずはない。彼の中では、比奈には到底理解出来ない深い悩みでもあって、という今の現状なのだろう。いつか、この危機から脱してくれる。それまでの辛抱だ。あるとき、酒乱で暴れまくっているこのすさまじい光景をテープに録音しようと長男と次男が提案した。父さんに反省を促そうというのだ。みな恐る恐る賛同。しかし、いざとなるとテープを設置しただけで誰もスイッチを押せなかった。われらの父親なのだというその尊厳、その思いが手を引っ込めさせてしまったのだろう。光二のもつ普通の人と違う何かが、周りの者を制していた。それに、彼は脅すだけだ。暴力には至らない。凄い形相で真に迫る格好はするが、実際には手を下さない。誰も傷を受けた覚えはない。殺傷沙汰にならない分別なり抑制なりは効かせているふしはあるのだ。どんなに怖くても、思えばそれはある種の安心、信頼だ。

ああ、母さんに、辛い思いをさせることは、誰もしたくなかったんだ。みたりごのわれらも、ほら、こうして生きて元気でいるということを伝えたかっただけだ。母さんに、ほっとしてもらうために。それだけでいいと思ったんだけど、大ごとになった。心は、猛るため悲しむためにあるんじゃないよ。鎮静するためにあるんだけど。

比奈の思いは興奮のせいか、つい、饒舌になる。みたりごが知らずして懸命に生きていた。そのよろこびに勝るものはないので、その興奮があちこちに飛ぶ。遠い昔にも飛ぶ。現実、非現実、見境がない。

おや、今やってることは？　鎮魂ではなかったの。単なる思い出の繰り言？　比奈は何やら定まらない。思いは深いのに。もう、どちらでもよい。出来ることをするまで。思いつくことを書いていくまでだ、と。なんという軽快さで陽気なんだろう。つまり、書く、という作業によって、何時の間にか、あらゆる圧力から開放されていたのだ。比奈自身は気づいていなくても。無意識にでも書く形をとってしまうことが習性になっていたのだ。

運動会の日。店の仕事の時間をうまく切り取り、慌てて、プログラム片手に小学校に駆けつける比奈は、汗だくになって垣間見る。長男次男とも鼓笛隊でトランペットを吹いて行進している。親に観てもらいたい一心さがある。駆けっ子の様子などとともに、比奈は背中の子とともに興奮。思いは尾を引いていて、背中の子は家について帯を解かれると、パパ、パパと父親のところに行って、片言でにいちゃんがラッパ吹いてたとか、走ってたとかを身振り手振りで話し始める。相変わらず聞く耳はない、今じゃない、後にしてくれ。子供は手で追い払われる。まったくの無関心を突きつけられても、子は運動会の兄たちの様子を繰り返している。空回りの努力に懲りない子や比奈の姿だ。いつまでも馴れないその努力の虚しさよりも、子供の思いになると、持っていき場のない寂しさに突き落される。荒涼とした野っ原で寒風に晒されているようだった。

比奈の母親は八人の子沢山、八人も子を産ませられながら、決して幸せとはいえなかった。その母が哀れで、若き日、父親に食ってかかった比奈。母のために弟妹のために女と別れて家に戻ってくれと、嘆願、八人も子がいるのに無責任だと女といるところへ出刃包丁をもって捩じ込んだこともある。まさか出刃包丁は持たなかったが、その時、比奈の心の中にはもっと鋭い刃が隠されていた。向こう気の強い比奈の願いは叶わなかったが、その直後に自殺を図っている。結局今もこうして生きてはいるのだが。何十年も経て亡父と仲のよかった父の妹から聞いた話がある。あの時ほど困ったことはなかったと。娘は自殺するというし、奴（終生同棲していた女）からも、じゃ、私だってここで死んでみせますって両方から責められて、ニッチもサッチもいかなかった……と。父の言葉だ。

私は酉で、あんたは戌。酉年と戌年とは食いっぱぐれがないっていうからね、と、比奈の母は呑気。そして、稼ぐに追いつく貧乏なしってさ、とも。いとも、たやすく言うが。夫が食わせてくれなければ、娘が食わせてくれる方式なのだ。その母の娘の比奈が、十代の半ばから働いて働いての働きづめだったから、それを可能にしただけだった。双子の弟が出来て、十三歳で学校退めて子守りになって、子守りの手が離れれば、食うためのパーマやが用意されていて、お前がいなけりゃみんな飢え死にだよ、と頼られて、身を粉にして働き続けているというだけのこと。一家の中で丁度都合よい年齢に比奈が巡り合わせてお誂え向きだった。だれすっぽりと、うまく、そこに嵌めこまれてしまい、身動きできないというだけのこと。だれの悪戯か、謀なのか、比奈は都合よい場に据えつけられて、周りのみんなを生かすために懸命に踊る。踊りに疲れた眼の前は真っ白、一寸先も見えない中で、ついでのように、光二が加わって……比奈は死の舞踊を踊る。比奈はすっぽり嵌った窪みから、砂地獄から動くも叶わずひとところで、くるくる回って回って、どこまでも踊りまくる。そうした中で四人の子も、みたりごも絡んで回る。

母は身ごもった子は、みんな産み落としたのだ。みたりごは一人もいない。そういう時代でもあった。生めよ増やせよ、戦争中は沢山生めば表彰されたという。

見えなくとも見えるという慕わしいみたりごの存在。理不尽この上ないことをされたにもかかわらず、見えないままに命を繋いできて、しかも、この至らない母の比奈を見守り後押しし、影になり日なたならぬ延々と日陰なのにもかかわらず、この母を生かすことに懸命になってくれた。無償の愛をくれたという驚くべき事実。この世でのたったひとつの命だというのに、例えようもなく残酷に奪われたというのに、そのわが身を省みず、我がことではない命をば、いとおしみ、よりよく生かそうとしてくれた。比奈はみたりごを思わず両手でかき抱く。ふわりとそしてきつく抱き締める。くりくり坊主の三つの頭を順番に撫で回す。ちゅっちゅとおでこにキスもする。十三、四歳で双子の弟の母親代わりになったときの光景が、またも再現してくる。四人の子を育ててるときも同じだった。一体いくつのくりくり坊主を撫で廻してきたのだろう。あーした天気になーれ。遠足に、運動会に雨降りませんようにと、てるてる坊主をよく作った。くりくりまあるいところに祈りをこめてちゅをしたものだ。これって、幸せを夢見ての仕草なんだ、ああ、幸せ。

兄は、てるてる坊主を作るのが上手だった。ざんざぶりの空を見上げたら、魚が泳いでいたのだっけ。兄とともに見上げたのだっけ。

その昔、双子の弟はそれぞれ一人ずつ、いつも一緒にいる双子みたいな兄とその妹に、それぞれおんぶされていた、双子の子守。空を見上げて、何もわからない赤子に向けて、ねぇ、お魚になってお空を泳ぎたいねぇ、と言っていたのは、一体何のおまじないだったのか。赤子は黙って空を見上げ、兄は素直にうんうんとこっくんしてくれた。青い空に魚が泳ぐ、とか、あり得ないことしか、描けない娘の頃の比奈の夢想は、あまりにも気の抜けた話だが、ある意味で未来を予測していたのかも知れない。夢想の傾向はそのまま続行する。その頃、赤子をおんぶして、カラスなぜ泣くのーカラスは山にー可愛い七つの子があるからよーと、よく唄っていたのだから。

気がつくと、比奈の前に半紙の束がなくなっていた。読了したのだ。それと共に気づいたこと、櫂がいない。そうか、櫂と比奈は一体化してしまったのだ。いや、始めから、そうだったのだ。それなら、この比奈も消えるはずだ。

第四章　晩　鐘

子供たちの父親、つまり比奈の夫は、幼い頃、村の神童と言われていたという。そのまま秀才の誉れ高く、父親が戦争に行っていたので、学校は高等小学校までで、農家の仕事を手伝っていた。戦後になって父親の帰還もあり、遅れて新制の中学三年に編入、高校は夜間部を卒業。東大目指しての浪人中だった。比奈と出逢ったのは何浪目だったのか、比奈唯一の友人が夜間部卒で、その彼女が結核を患い見舞いに行った折、見舞いに来ていて、先輩だと紹介された。夏の暑い日で、素足に藁草履に絣の膝までしかない袖なしの着物を着ていた。彼女の母親が、村では変人だと言われてるけど、こうして、卵など持って見舞いに来てくれるやさしい人でね。と、見送ったあと、生みたての一っこの卵を手の平を開いて見せながら、ぽつりと言った。それきり会うこともなかったが、いつしかラブレターを寄こすようになり、それが毎日になり、しまいには、自分が配達夫になり替って現れるようになった。相当な変人だと思った。ど近眼でチンチクリン、若さなどまるでない比奈は店主で多忙、疲れて家に帰る日々を繰り返しているだけだ。彼は比奈の双子の弟や、知恵遅れの兄とすっかり仲よくなっている。竹とんぼの作り方を実演し、喝采を浴びていたり、比奈の母親まで満更でもないようだった。夫がいるのに、たまにしか現れない、男っけのない家、父親のいない、隙間風が吹いている家庭には一種の清涼剤の役を果たしたのではないか。比奈は家に来ている光二と家族ぐるみのつき合いをしていく。学歴に縁のない家庭、知的さに欠ける家庭だったので新鮮そのもの。東大の法学部を受けるというのも、家族は瞠目だった。比奈も尊敬の念をもった。家族からも世間からも馬鹿にされ軽く扱われ、戦争中は非国民と言われていた兄が、光二からは大切にされ尊重されているのも比奈にとって、かつて味わったことがない驚きと嬉しさだった。

浪人中に結婚した光二はそのまま浪人を続け、比奈が身ごもったことで、東大受験を諦めた。法科に入っての弁護士より少しでも早く収入に繋がる歯科医への変更だった。それは彼の決断だったが、俺は比奈という女のせいで弁護士になりそびれた。と、終生言われることになる。

結婚前は比奈に向けて外面《そとづら》でのつきあいであったのか、思いやりあるやさしい人であったのだが、結婚した途端から変貌し内面《うちづら》での関係となった。外面と内面を使い分けられる人、いわば、二重人格とは、こういう人のことを言うのか……、と。内面は比奈のみに限られた。結婚して人が変ったみたいと、言ったとき、おれは何も変わっちゃいない。お前が見抜けなかったのが悪い。釣った魚に餌はいらないからな、とつけ加えた。

人間は急変したり人格を変えることが出来るものなのか？　そんなに簡単に？　比奈は何が何だかわからない理不尽さに戸惑った。光二そのものがわからないし、信じられない。このざわざわ感は比奈にとって問題で、早くした方がよいと、比奈なりの熟考から離婚を申し出た。それが一週間目だった。一瞥されただけだった。その後、酒を飲むたびに、この女は結婚して一週間目に離婚しようという女だから、怖い女ですよ。と勝ち誇ったように言うのが常だった。必ずご機嫌のときだった。

話は前後するが。不在の父親、比奈の父親が、たまには進駐軍の放出物資の獣臭い原色の派手な衣服だのチョコレートやガムやらを土産にしてやってきた。幼い弟妹たちはそんな父親を歓迎した。なにしろ、これまで見たこともない味わったこともない色鮮やかなものばかりなのだから。嬉々として駅までの送迎をした。また、来てね、今度いつ来るの？　ご機嫌な父親ご機嫌な弟妹、母も満更ではなかったろうか。申し訳程度でも、そのときは生活費を置いていくから。店で働く長姉と比奈だけは、その来訪を苦々しく眺めていた。店主だった姉は自分までが犠牲になることはないと、家を捨てた。比奈に後追いは許されない。義憤を感じながら死に物狂いで働いた。働いたら働いただけのことはあった。その、延長線上に光二はいた。外でも内でも、知恵遅れの兄が馬鹿にされ苛められている姿に、それを取り巻く人間に憤りしか持てないで生きてきた比奈だった。差別と侮蔑に曝される兄。その兄を差別せず軽蔑することもない唯一の人が光二だった。兄が光二より一つ年上だったので兄さんと呼んで立ててくれてた。兄も、光二さん光二さんといたく信頼を寄せていた。体いっぱいに喜びに満ちた兄を見るのは初めての比奈。比奈もしあわせだった。

比奈は自殺を図って死ねなかったことがある。

死ねなければ狂言自殺と言われても、仕方ない。

その比奈が仕出かした事件が光二との結婚へと繋がる引き金になってしまったのだ。

光二と結婚するとしても十年先。大学を出て、自立したときでしょう、弟妹も目鼻がついてるだろうし、と言いたくても、取り合ってももらえないところに比奈はいた。陽も当たらぬ穴倉に横たわって呻いている満身創痍の女になっていた。そんな女に誰が耳を貸そう。自殺未遂という汚名にさまざまの尾ひれがついた上に、世迷言と取られるだけ。理解されようもないところに押し込まれたまま、比奈の、そのときの心境は、屈辱、恥辱、なんで死ねなかったのだという悔しさ憤り、生きても生きなくてもどっちでもよい……ふてくされた不埒な思いのままに、周囲の状況に飲み込まれていってしまったのだ。

子供は、親を、場所を、選んで生まれてこられない。まったく見当もつかないさ。だけど、母さんは後で後悔をするにしろ、とにかく父さんを選んで結婚したわけでしょ。と、四人の子の二人まで、いや三人だったか、全員だったかが、比奈に訊いてきたというより、詰られたことがある。比奈は一言もない。心の中だけで答えている。自己責任と言われてもね。ふっと、遡って、兄も私も、そんな生きざまだったけど。どうにもならない不可抗力というのもあるよね、と。でも、もとを糺していけば、比奈の場合はすべてが比奈自身母さんのせいよね。そうよね、選択したってことよね。そう言いながらも、なお、弁解めいたことを言おうとしている比奈がいる。

誰だって信じるでしょ？　見かけからいえば、誰もが知ってるように、誠実、温厚を絵に描いたような人格者だもの。謙虚で控えめでしょ。人間の中身は、結婚し家庭を持ってみなけりゃわからないわ。そりゃ、信じるでしょ。比奈のたった一人の友、無二の親友が、光二のことを尊敬し敬愛し、自慢して、比奈に紹介したのだから。しかも、彼女は彼を好きだったということが後でわかるんだけど。まず、何もかも、比奈よりずっと上出来の彼女だった。そういうことを通過して光二の人柄を知ったということになるのよ。だから、なんら疑う余地などなかった。と、比奈は、無言で子供たちに抗議していた。心底から、結婚は頭にない比奈だった。自分の立場、すさまじいとしかいいようのない環境の真っ只中に立っていたのだから。

家族と店以外に目がいく閑がなかった比奈は、光二のように何年も浪人をしても受験するという向学心に燃えた人がいること自体に驚いた。初めて外へ向けての目が開けた思いで眩しい。その眩しいのが、光二だった。こういう男性もいるというのに、自分の父親像が歯がゆく惨めだった。わが身が情けなかった。母や弟妹のために父親と争っている関係だ、最中だ。父親に楯つくどうしようもない娘という自覚もあるが、ただごとでない家族関係でもある。比奈は自分の置かれている場のおぞましさにしか、やはり、目がいかなかった。

比奈が生涯かけて攻撃的であったのは、自分に向けてと父親にだけであった。光二に出会う前、父親に全精力を使い果たし疲れ果て、すでに自殺に追い込まれていたのだった。自分なんかいなくてもよい、と。

父親を殺したいと思うほどの比奈は、自分を殺すほかなくなる。自死するのもエネルギーが必要。途方もないエネルギーが求められる。比奈自身が消えてしまうわけだから、父親は家族のもとに帰ってくるしかない。理屈にあっている。最後の跳躍には、間が悪いことに、きっかけを作ったのはすぐ下の妹だ。姉ちゃんの日記見たもんね、の一言だった。死への願望に取り憑かれているときは、何にでも縋りついて成就を図る。日記を読んだ……。信じられない。人の日記を読むなど、人間として最低、最悪、それを、得々としている。比奈は何もかもがさらに厭になった。日記を読まれた？　読まれるために書いてない。人間そのものが汚い、その卑劣さに失望し、身近なしかも、常に弟妹のためならという思いの自分の一途さのよりどころ、救いにしていたものが失われ、屈辱、恥辱に入れ替わってしまった。もう、生きられない。すべての日記を一晩かけて、風呂の焚口の前に坐って背丈ほどもあった日記の山といっても、わら半紙を綴じたものやら、大学ノートをべりっばりっとページを引っ剥がして炎のなかに放り投げた。延々と燃やし続けた。書いた字が悶え苦しんで赤い炎の中に踊り狂いながら消えていった。赤く爛れて溶けていったそれらは比奈だ、比奈自身を焼き殺した。炎を見詰めていた比奈も、すでに死んでいたのだ。自分を殺し尽くしてから致死量の睡眠薬を飲んだ。死ねるはずだった。死に損なった。胃洗浄をされ惨めさと苦悶の姿を曝したらしいが、本人は意識のない中を彷徨ってただけ。すべては、そこから人生が始まったのだし、次へのおびただしい自死への憧れが用意されていったのだ。死は怖くない、ただ慕わしいものであった。

この世に何の未練もなかった。父親を殺したいというのは、ある意味での甘えなのだということも、甘える者を持たない者の思い切りの甘えだ。それを手段にして、自死したい願望を遂げられるのだから。五十何年もたって、急に比奈は気づいたのだ。あそこまで憎めたということに。父親が母でない女と同棲するその前までは尊敬もしていたし、愛してもいたのだということに。裏切られた思いが強かった、その反動だったと知る。夫、光二という人を通じて、それがわかった。比奈にとって夫は怖いだけの人でしかなかったと。ただひたすら逃げ回った記憶しかない。圧倒的な威圧感だけだった。そして、そこには、裏切られたとか、憎いとか、恨みがましいとかの要素が入る隙はなかった。ただ、逃げたいだけだった。子の父親だというだけで、そこにいるしかない。いや、ちがう、比奈には自殺し損なった故の、そんな不遜なことをしでかしたばかりに、そこにいなければならないことが課せられてしまった、つまり命を粗末にしたという罪意識故なのだ。

あのとき、死んでいたらすべては終っていたし、それを望んで比奈は消えたはずだった。が、赦されず、蘇ってしまった。そして、その罰として、思いがけないことが、待ち受けていて、事態は比奈が軽蔑していた父親から蔑視と誤解される羽目になり、それについての弁解も出来ず、理解もされぬままそれを生きることになった。

不誠実な大人としか出逢ってないという気がしてならない比奈だった。その頃もその前も、比奈は主体的には生きていない。そこに置かれたことを不服で不服従を唱えても……そこで生きるしかない。双子の弟の親代わりをしたことが自慢なら、その純粋さを、命へ向き合った豊かさを思い出して、それを貫いてみたら。あれらをやってのけられたんでしょ。しかし、現実に前に置かれた対象は、あまりにも相違し過ぎている。天真爛漫な赤子のようなわけにはいかない。比較するすべもない。自分を瞞せない。

なんとか、生きるための支えを、軸が欲しかった。どうしても好きになれないというか性に合わない稼業が疎ましかったことにもよる。小さな弟妹たち以外、薄汚れた人間に思えてならなかったのだ。それらすべてに絶望してしまったのだ。どうでも、幼な子と向き合っていたいだけ。

比奈が死にかけてしまったことで、また、この世に戻ってしまったことで、父親の立場は好転してしまうのだ。娘比奈の不祥事に呼びつけられた父親は、急救車で運ばれた先の病院で、娘をこんな姿にしたのは誰です？　と、半狂乱の白い目で見られ、詰られた上、これからどうしていくんです？　と妻に迫られたが、それも束の間、なぁんだ、俺のせいではなかったじゃないか。俺への当てつけとばかり思っていたが。このざまは何だ？　まさかのあまりの不名誉な放埓さに父親は面食らったのだ。思いがけない娘の、まさかの事態を目撃したのだ。それにしても……なんつうことだ。この娘に限って、と思ってきたのに、大きな裏切りじゃないか？　そう思いながらも、父親は胸を撫で下ろしたろう。比奈にしては説明のつきかねる妙な成り行きで、それが、また、無言の説得力をもってしまい、勢いある濁流の川になっていった。比奈自身が、人に言えない思い余った秘密があったのだという架空の物語が成立してしまったのだ。如何にもの理屈の成就。疑問もなく理解されていく。そういう具合いに合点されてしまう羽目に比奈は貶められていったのだった。

いったん死んだ者が無理矢理に蘇生させられたという半死半生のとき、無意識、無感覚、朦朧の状態の中に比奈があるときの、事件というしかない出来事のために。人としての意識が戻っていないとき、比奈本人が何が何だかわからない魑魅魍魎のとき、事態がのみこめないままに、うっすらと、そして次第に大変なことになっているという、受け身でしかない、言葉にしたくない事態が飲み込めてくる。その事態こそ、死に損なって戻ってきた人間の、生き返ってしまったゆえの、その罰、というしかない。そうなのだ、そうとしか受け止められない比奈だった。誰ともわからぬ、大きな力あるものの声で、しっかりと言い聞かされていた。誰から？　まさか天からではあるまいが。動かしがたい刻印がそのとき押されてしまったのだ。比奈の中に分け入ったのは光二だった。しかも、そこに父親の目があった。事態を承認するための目だ。窮地に立たされている比奈、それこそ、死が地獄なら、地獄よりひどい生の地獄という現実。苦悶し、死を願って死ねなかった結果は、舞い戻った生の世界でさらに苦悶せよ、というのか。誤解です。知らないうちにわたしは……と大きな声で喚けばよかったのか？　その事態を把握するとか認識する能力もない朦朧の中でも？　目も虚ろ気も虚ろ声も虚ろで、人と交流する手段などあろうはずのない萎えに萎えているときに、どんな表現の仕方があるというのだろう。そんなときに、人は何かを訴え、主張できるものなのか。意識がはっきりした直後からでもそれが出来るものだろうか。ただ、恥ずかしい、口に出来ることではないというのが先にきて、潜り込んでしまうしかなかった比奈は、受け入れてしまうという必然が用意されていた？　と……。

　こういうことだったのか。こういうことでした。

　比奈の人生はそこから始まることになる。

　まるで予期しないことが起きていたのだ。これは事件。犯罪だ。光二が覆い被さっていて、俺がついている、比奈には俺がいる、愛してるよ。喘ぎながらの光二の声だった。その現場を比奈の父親の眼が、比奈が感覚の薄い中で捉えたのは、父親の姿と光二の喘ぎが同時だった。光二の息づかいと父親。この光景をこの事実を捉えたのは比奈より先に父親だった……。混乱した中で比奈はそういう判断ができた気がする。弁解も何もなりたたない。なんで？　光二は？　なぜ？　こんなことを仕出かしたのだ。比奈への、この侮辱とか恥かしめ、屈辱、これらをなんとしてくれる、考える力も湧いてこないうちに、ただ萎えていく。

　第一比奈本人が朦朧としている。自殺を意図したばかりのしっぺ返し。人間として恥ずべきこと、これ以上の罪はない、それを承知の上での遂行であり失敗なのだから、どんなに身を縮めても竦んでも赦されはしない、と、いうことだけは朦朧とした中でもわかっている。繰り返し、ごちゃ混ぜのものが押し寄せ、もう、まともには戻れないという絶望感だけ。もう一度死にたい、死なせてくれ。それればかりに思いがいくだけ。罰当たりの比奈はまだ安易に死にたいとの思いに縋っている。卑怯、楽な方を望んでるといわれようと、何度でも死んでやる……と足掻いてる。死が招く。

光二は比奈を勝手に恋人と決めていたろうが、それにしても、やさしさと思いやりがあったら、見舞いになどやってこないはずだ。相手の心の状態を思えば、誰にも会いたくないだろう、そっとしておいて欲しいだけだろうぐらいの配慮があるはずだ。それでも、それをあえて見舞いに来てしまうのが光二という人の人柄なのだろう。それとも、比奈を救いたいとの気持から発したものだろうか。励まし、慰め？　かも知れないが、比奈の、そのときの現状からして想像を絶する。かけ離れすぎだ。けれど、もしかして、本人にとっては救い主のつもりだったのかも。比奈が世間で物笑いになろうとも俺だけは違う、世間を敵に回しても、俺だけは力になってやる。といった切実な思いを向けてくれたのかも……。朦朧とした中の覚め際の切れぎれの間に、さまざまなことを、とつおいつと考えたのだろう。どのくらい後になってからだろうとも、それについては考えざるをえまい。

そんなときだからこそわけのわからんことを、うつつ交じりにあれこれが出てくるのだろうが、親との葛藤で、己を殺した。という渦中、真っ最中だったのだ。光二はその渦中に関係ない。まったく関係なかった。何しろ光二のことは眼中にないままの死の突入だったのだ。わけがわからないまま、わたしはもう生娘ではない……そのことが体中がずたずた心もずたずたの中でわかる。破廉恥な……にっちもさっちもいかない状態に置かれながら、比奈は、自分のいる場、位置は、何も変わらないことを悟る。あれだけのことがありながら、元とまったく同じのまま。何事もなかったように、周りの人たちは比奈を扱う。猫も杓子もだ。そういう蘇りだったのだ。しかも、おまけつきで。

比奈はロボット。自動的に皆の意に添うよう動く。動いていく。続いていく。比奈本人がまるで空白、宙ぶらりんでいるうちに。相変わらず時間は進行していて、比奈はパーマやの店主だし、多忙さの中にいるし、一家の働き手。気がつくと、比奈は妊娠していて結婚させるしかないという動きになっている。独身主義の女が一転して、結婚もしないうちから、身ごもっている？　と。

結婚などしたくない、それを口にするもはばかられ、どうせずたずたの無気力。それに比奈の思惑など無視されている、いや、伝えようがないまま事態は進展していく。両親に恩にきせられながらである。大体が、比奈自身、事態を把握できない朦朧状態の中の出来事で、責めるとか恨みとかが、やってくる前に、まず自分を責める仕組みの条件が揃い過ぎていたということか。自殺などという事件、しかも、未遂……自分を責めることしかない。それが、生きる気を失った比奈の生き直すしかないスタートとなってしまった。比奈の知らない比奈が、噂となって勝手に闊歩している中を鉄面皮になって生きる。何を言われ捲くろうと、痛くも痒くもない。何もかも鈍麻し尽している。どこかに、何もかも置き忘れてきている。この間は比奈にとって五十年も百年も千年も生き抜いたようだった。

比奈は、兄を所長にして知恵遅れの施設をつくるのが夢だったから、独身願望。その夢と希望があったから自分を支え、不満不服だらけの環境でも、今に、今にと思って耐えて生きてくることができたのだ。兄だけが、真実を摑まえているかも……。兄の眼は澄んでいて、哀しみに充ちていた。

予想もしていない暮らし、そこに根を下ろしていくことになる。絡まった根はすでに深く固く張り巡らされていた。そして、何度でも言いたいが、父親の立場は好転してしまう。娘の自殺騒ぎは男との問題で未婚のままに妊娠しての、その悩んだ果ての自殺で、立場上からもな、あいつは、しっかりもので通っていたし店主だからなぁ。それにしても娘がとんでもないことをしてくれた、という、その汚名によって図らずも父親の面目は保たれた。

真実というものは、いち早く隠れ去り、虚実取り混ぜた彩りに満ちたものだけが、波乗りしていた。その波間で、またも、比奈はあっぷあっぷしながら泳げばよいというのか。宿命なのか、運命なのか、もう、どうでもよい。不貞腐れたように自分の影を追って歩いている。いや、ただの影が本体となって歩いている。それほどまでに光二は自分を愛していたのかと、それに縋る。

水に浸かったモノクロフイルムを引っ張り上げ、滴り流れるのを灯りもなしに、かかげて見せられるのは、次の風景だ。

まだ身なりなどかまっていられない時代でもあったが、光二はよれよれのジャンパー姿、普段着の膝の丸く出たズボンは繕ってもいない穴だらけ。頭髪からは安っぽい香料の匂いがしている。比奈は店から抜け出しての仕事着である白衣を脱ぎながらかけつけての結婚式。古びた埃っぽい鮨屋が婚礼の式場。ぎしぎし鳴る梯子段を上る。両方の両親と、母親の伯父だという人物が仲人。百組もの仲を取り持ってきたというのが自慢で、今回も仲人振りを発揮し、今日のよき日が云々と、これでもお頭つきだ、と、その仲人が言う鰯での三々九度。光二は東大受験のため浪人中の身。卒業して目鼻がつくまでは、光二の実家が、生活費、学費は持つという約束。比奈は店主なので、このままの暮らしになるが、光二は婿ではないが嫁の実家に同居ということで、と。仲人の説明が終わると、また、ぎしぎしと梯子段を下りてきた。ともかく、二人を早く一緒にさせるのが目的。始めから終わりまで比奈は恥ずかしく身の置き所がなかった。光二の親の顔も見られなかった。妊娠もしていないのに、子までいると見られている情けなさ。現に光二の母親の視線が幾たびも比奈の腹の所に這ってくるのを感じた。空っぽではあっても、見方次第で膨らんでも見えるのだろう、比奈は死刑台に曝されてる思いだった。こんな事態に導いてしまった張本人の光二は超然としているというのに。理不尽な常軌を逸したことを仕出かしておきながら口を拭っているのか、閉ざしているのか、まるでよきようにはからえ、と言わんばかりで。比奈は強姦されたともいえる犠牲者なのに、助けを求める人もなく、何かが逆転しているというのに、比奈は操り人形になって踊らされている。これも深い罪ゆえのこと、と、自分に引導を渡している。

神童だと騒がれ東大受験に失敗して浪人をしている一風変わった人間が夫。比奈は学歴もないパーマやの店主。大学を出るまでは光二の実家が経済的には責任持つという。それは仲人口だけで、すぐに破棄されていく。米が食い扶持だといって届けられただけである。結婚一週間で、離婚したいと痛切に思う比奈。口にもした。無視された。光二は傲然と言う、俺の字引に離婚という言葉は載っていない。と。普通なら離婚するには、比奈が出ていけばよいのだが、比奈の実家で居候の身の二人だから、それはできないのだ。彼は居坐ったまま動かない。まるで、比奈の家族全員を味方につけたみたいに尊大だ。超然傲然としている。比奈のわがままとしか受け取ってもらえない。光二は比奈の実家のみなから好かれていたのだ。ことに、知恵遅れの兄が、自分を兄さん兄さんといってくれる光二に見事に懐いていた。

寝放題で、起きても顔洗う歯を磨くさえ面倒臭がるほどのぐうたらぶり。変人どころではない、人間失格なのではないか？　と思うほど。六畳一間の離れに住んでいるので、家族は光二の実態を知らない。比奈の逃げようのない苦悩がそこから始まった。普通の日常が彼には存在していない。まさか、まさかでしょの連続。こういう人間を育て上げたのが、あの母親？　といっても結婚式のとき比奈は俯いてだけいたので、顔も定かに覚えていない。一体どういうふうに育てればこういうふうになるのか？　不思議。訝しい謎は深まる一方でも馴れるしかない、馴らされるはずもない異世界の始まり。態度、言葉使いなども、結婚する前と反転している。とてもついてはいけません。お願いです離婚してください、頭を畳に擦りつけて懇願しても、聞く耳もたない。馬耳東風。受験勉強は身についてるのか、勉強をしないわけではない。夜中にやっている。昼日中は寝ている。朝早くから、夜遅くまで働いてる比奈とは行き違いの生活。夫とは意のままに振舞う帝王なのか。比奈は怖々従っている。比奈が何事も他言しないのを知っている。出来るはずがないと。比奈は光二から、お前は、恥ずべき自殺をした人間だ、そういうお前と俺は結婚してやったんだ、忘れるな。と言われている。

饒舌だった彼は殆ど無口、うむを言わせぬといった雰囲気、威圧的というのか。恥じ入るばかりだった比奈は、生きて今あることさえも恥じていたのだから。委縮している比奈に圧力を注ぎ込んでいくのはわけのないことであったろう。世の夫婦はみんなこうなのか。

長男を身ごもったとき、俺は子供はいらない。堕ろしてこい。まさか、なんでそれなら、そんなことするのです。一度は堕ろしたことになってるじゃないか。えっ、何のこと、まさか、死に損なっての、まだ、ほんとうに生き返ったといえないときの、あの件のときのことだ。ずっと関係があって身ごもったからの、思い悩んでの自殺と解釈されて、どうでも、この二人は一緒にさせなければならないという方向につっ走ってしまった事件のことだ。嘘も方便などというどころの問題じゃない。光二の傍若無人の強引さ、強姦事件なのに、そのまま事は運ばれ、光二にとって、なぜか好都合の風が吹くことになった。比奈を必要としている実家。働き手を失うわけにはいかない。長女みたいに出て行かれたら。店に縛りつけておかねば、結婚させてしまうことだった。家族が路頭に迷うことを恐れての最適な手段だったのだ。比奈以外の者たちの都合よいように運ばれてしまったのだ。光二は周りを払うような、堂々としているところがある、頼もしく見える重厚さなのだ。つまり、頼られたのだ。娘比奈の身を任せたのだ。あのときほど、父親と母親の意見が一致し、仲の好かったときはないのではないか。一家はご安泰になったのだ。

架空のことを事実にしてしまうということも成り立つのか。だからといってそれが彼の口から語られるとは？　光二が口にすると妙に信憑性がある。真実を作るのは彼にとってはわけないことらしい。

比奈には解せない。光二の正体が不穏、わけがわからない。薄気味悪いとさえ思う。わけないことさ、一度堕ろしてるじゃないか。いって来い。いやです。そんなことをしたことは一度だってありません。これからだって、そんなことはしません。生むと言ったら生みます。そして、金輪際もう、そんなことしないでください。意のままにならない比奈を憎む。光二は比奈にとって怖いだけの人になっていく。抵抗する比奈。不快さをまるごと剥き出す光二。比奈は脅えるばかり。男は怖いもの比奈には歯がたたない、してやられるしかないのか……光二はみなに好かれている。比奈だけがおかしいのかも知れない。ますます駄目人間と思っていく比奈。比奈の背景、両親のこと、姉、弟妹。兄を除いて、全員を十把ひとからげにかっさらってきて俎板に乗せる光二。いかにどうしようもない人間どもであるかを、こんこんと比奈は諭される。始めが肝心だと、あまり身近かだと見えないものなのだとも。反論も出来ないし、その通りと思わせるだけの説得力がある。そのときばかりは、情熱的語り部になっている。

おう、聞いているのか、ちゃんと、しっかり聞いておけよ。言いたいことを言ってしまうと光二の口は閉ざされ、その余韻は、比奈に反省を強いている。妙にうらぶれて寂しい。誰にも口にできない内部事情を抱えたことになる。それでなくても、比奈は劣等感の塊りだった上に、さらなる劣等感を抱え込むことになる。そして、それは摺りこまれるように何回でも繰り返され、そのときばかりは饒舌になり熱をもった男になる。もともと、比奈が知っていたすべては上っ面だけだったのか、批判精神が欠如していたと反省する比奈。そして、わが家族は、さらなる目を覆うばかりのもので、それが実態と知り、ますます引け目負い目になる。俺の実家は健全、理想的だ。渦中にいるとわからないが、俺はよそ者だからよくわかる。客観的な目で見られるからな。と、駄目押しされ、比奈は互いの背景の格差にますますいじける。

結婚は暴力的なものでしかない。比奈は母親からきいた光景を思い出していた。

花嫁道具と共に仲人に連れられ大阪から、東京へが、十八の娘だった比奈の母親の姿だった。結婚式のそのときまで顔も見ていない人との結婚だ。仲人口だけを信じてのこと。花婿になるべき男は式場に現れない。競馬狂いで、馬を追いかけて東京にいないという。帰るまで待つことになって、式を延ばし待っても現れない。娘だった母は大阪に戻る。花嫁道具と一緒に。出戻り娘と噂され、疵ものともいわれる。それでは可哀想だとまた東京からの縁談。写真だけで、またも見たこともない男との結婚式へ。しかも、初婚ではない扱いをされる。比奈は、その話をきかされたとき、結婚とは何と暴力的なものだと驚いた。そんな結婚はしないし、結婚など自分に関係ないと思っていた。が、事の次第はそれ以上の暴力に曝されたのだ。比奈を、それほどに好いてくれたということだし……と、比奈は慰めにもならないことを思うことにしたのだった。

光二の実家から、食い扶持だといって米が届けられた際、俺と同い年の兄嫁がいるので米一粒だって親爺の思うようにはならない、昔と違って、今は舅、姑より嫁の方が強いんだ。親爺に済まなくてならない、などと光二が言うものだから、比奈は、何ももらわないようにしましょう。家には内緒にしておくから。と、それがせめてもの嫁になった比奈が言えることなのだろうと……。不貞腐れたように人生を捨てた形で、そこからまた人生を歩き出した比奈にとって、なにもかもが、どうせ、十把ひとからげでしかないのだった。何もない空っぽ、空虚そのものの比奈にあるのは意地だけだったのかもしれない。その意地を張るというのが、きっかけとなって、それだけを芯にしていくレールが、そのとき敷かれてしまったといえる。

長男を生んだ。母になった比奈に光が射し始めた。赤子が母親の比奈を育てていくといったらよいのか、活き活きした感触を、そのよろこびを日々味あわせてくれた。といっても、日中は店にいて、夜帰ってきてからだけしか赤子に触れられないのだった。赤子にとっての祖母まかせ、仕事の合間を縫って乳を飲ませに自転車を走らせて来たり、祖母が店に連れて来たりだったが、そのときが比奈の至福の時間だった。かつての小さな命を育てた体験、どんな苦労にも勝る幸せを感じさせてくれたのが双子の弟だったが、今、また、そのよろこびを、わが子が比奈に与えてくれている。くりくり坊主の兄の背に今度は比奈の子が背負われている。それは生活のすべてを潤していく活力に満ちていた。それなのに、それも束の間のように、それを凌駕して余りある荒んだものが、実家と別居した生活に浸透し始め、それは、瞬く間に流れを作り、濁流になり、それに押し流されていった。それが、根本的には比奈の新しい家庭の姿だった。

すっぽりと嵌められたところにいるというのは、生きるにしろ死ぬにしろ、まったく自由がない。比奈の根気は失せていく。辛うじて支えてくれていたのは子供たちの邪気のなさだった。

光二の努力も実って、本人が不本意だろうとも、浪人や留年をしながらも、歯学部卒業、国家試験も合格。光二にとっての苦難の道は漸く終りを告げた。一時間半ほどの通勤時間になるが、総合病院の歯科医師に採用された。比奈はわがことのように晴れがましかった。一閃の光が差し込んだ思いで、肩の荷を下ろし、ほっと、息を吐き、これからは何かが変わっていくという期待でよろこびが湧いてくるのだった。人知れず深呼吸して、胸いっぱいに新しい空気を吸った。

漸く収入を得られるようになったのだ。本人の喜びは如何ばかりか。が、その勤務先の病院に通ったのは通算して一週間にも満たない。仮病を使って欠勤。その電話をするのは、多忙を極めている比奈の日課に加わった。今日はどうか出勤しますように、と起こすことから始まって、光二のご機嫌を損ねないように送り出すまでの配慮で苦労した。どう努力しても結果は、欠勤ばかり。嘘をついての病院への謝りの連絡の惨めさはたとえようがない。社会的責任ある病院の歯科医師なのに、申し訳ないだけではすまされない。四人の子以上に手がかかるどころか、子供に嘘を教え、社会的無責任さの見本を見せていることにもなる。店の従業員にも立場がない。資格を取っただけで、一丁上がりで完了？　なのか、ぐうたら暮し専門になる。

比奈はそれでも一国一城の主になれば、彼も変化するか、と、夢を繋げ、借家探しから、亭主が大工だという客に頼み込んで相談するやら、銀行に勤めている客からは、ローンの相談を、と、奔走した。光二を前面に立てての交渉だから、先生、先生と一目おかれて、光二もご機嫌だった。光二父子がどう話し合ったのか、親戚づきあいをしている料亭を貸し切っての開業祝いをすると言う。費用は一切こちら持ちでと比奈が申し出た。舅が長男とその嫁への気兼ねなどせずにすむなら、という思いからだった。光二の親戚一同、村の同級生たちが一堂に集まった。光二、生涯の晴れ舞台である。晴れて歯科医師になったお披露目である。

華々しいスタートである。なにもかもが、これでいい方向に変化していくという希望に比奈の気持ちも輝いていた。光二も脱皮する時がきた。きっと、何もかもが変化するはずだ。

そろそろ宴会も終って光二が帰って来る頃だ。子供たちもはしゃいだ気持で待っている。長男はお父さん、次男はお父ちゃん、長女はパパ、末っ子はとうちゃん、と、その頃は、成長の段階それぞれの呼び方で、父親を呼んでいたものだ。帰って来たら、みんなで手を叩いて迎えよう、今か今かと玄関に勢揃いして待っていた。子供たちの心の中にも母親の比奈と同じく、今日から何かが変わるし、これから始まるであろう何かに、期待し弾んでいた。ご機嫌のときの父親を子供たちは大好きなのだ。

帰宅した光二は顔面蒼白、ぐでんぐでんに酔っぱらっていた。不意をくらったように、玄関先の空気は一変した。そんなに父ちゃんを、この俺を馬鹿にしたいのか。なんだ、おめえら、揃いも揃って、そんなにまでして面白がりたいのか？　母ちゃんが出迎えろってか？という怒号から始まってしまったのだ。瞬間の持っていき場のない気持に加えて、呆然と立ち尽す間もなく子供たちは逃げた。霧散した。

さぞや、お前はいい気持だろうな。俺はいい親爺といい母ちゃんを持ったお陰で歯医者になれたんだとさ。立派な親爺に立派なパーマやのかあちゃんが偉いんだとさ。絶賛ですよ、絶賛。俺に恥をかかせたくての開業祝いだったのかよ。お前の陰謀には参りました。参りましたよ。寄ってたかってみなで俺を馬鹿にしやがった。何もかも承知で……お前のやりそうなことだ。さぞや、いい気持でしょうよ。うへっ、げえぇっ、気持悪っ、薄気味悪っ。悪女めっ。売女め。

これが、この家族の開業祝いの夜だった。この日から、この家族はいい方へ変貌するという期待は裏切られ、さらに悪化を辿る酒乱航路が始まったのだ。加えて、比奈を虐めるのにいい材料が入手できたようなものだった。比奈が夢にも露ほどにも思ったことがないことを、そう思ってるだろうが、そうは問屋が卸さないこっちは承知の助よ。騙されるものか。お前が、歯医者様の奥さまにおさまろうとしたって、そうはいかない。おまえはパーマやの実家が大切でござんしょ？　どうぞ、これからも実家のために尽くしてください。光二はさらなる快感を味わっている。虐められる対象物である比奈は、自らに肥しを与え、苛めやすい品目を増やしたようだ。奥様になって……という打算は敗れて無念だろ？　など光二は得々とした言い方で、どうだ、まいったか、という顔をした。酔った自分の言葉にも酔い、いつにない大ご機嫌なのだ。

光二にかかっては、俺には関係ないッ、で、すべてが片付いてしまう。比奈は、一体、自分は何を思い何をしているのかさえわからなくなる。わかりたくない。こういうことに堪えていられる比奈自身、鈍磨して悪の権化になってしまっているのではないか。もう、人間なんかじゃない。それでも比奈は図太く生きてるじゃないか。意味がわからない。いつも火祭りにあげられる妻と子供。その火中にいて生きているだけで、子らの精神を損なっている。夜中に騒がれて寝かせてもらえない子供は学校へいって衛生室で寝ている。朝礼で目まいがして倒れたり、気づくと兄弟で衛生室に連れて来られ、枕を並べている。両親が働いていて忙しいのはわかりますが、テレビの観過ぎではないか？　と担任から忠告の電話を受けたりしている。それを繰り返しているだけだ。

比奈自身のことなら今さらどうでもよい、が、子供に向けてのことになると、気持の持って行き場がない。喜ばせておいてのしっぺ返し。簡単に約束を破る。自分から夏休みぐらい海水浴に連れて行こう、と、約束しておきながら当日になって、もう少し待ってろ、次の列車にしよう、から始まって、とうとう中止にしてしまう。最後に体調がすぐれない、と言われては引き下がるしかない。それでも、下の子は無邪気に懸命に頼む、泣きべそまでかいて、ねぇえ、行こうよう。遅くなってもいいから、と駄々をこねるが無視。起きてすぐから水着まで身につけていてのはしゃぎようだったのだ。お握りを沢山、浜辺で遊ぶ玩具のあれこれ詰め込んだリュックを、起きてからずっと背負ったままの子供たち。汽車は一時間に一本しかない。それを何回か見送って、もう、海へ行ってもしょうがない時間になる。こうして、反古にされた淋しさ悲しさに堪える神経は何処へ。歪みが増していくばかり、育ち盛りに。

開業したら、との思いとは程遠い日常が始まった。もう、起きないと、時間です。患者さんが行列作って待ってます。なにいッ、起こし方が悪いから、俺は起きない。休診だ、休診。まさかでしょ、そんな、通るはずがない。周りの当惑、困惑、なんのその、自分の気分次第で梃子でも動かない。比奈と看護婦で、汽車だのバスに乗って来てくれた近隣からの患者に平謝りに謝る。早くから行列を作っていたのだ。病院に勤務したときと同じ苦労が始まる。それ以上だ。迷惑をかけることに、意を介さない。社会的無責任も平気。同じ立場のそこに立っている惨めさ申し訳なさで身が縮む。竦む。子供たちにも看護婦にも合わせる顔がない。歯科医院という看板にも……。それが日常。

俺は歯科医になどなりたくなかったんだ、開業もしたくなかった。お前が勝手にしたことだ。責任とってもらいましょう。と、彼なりの論法を作って更なる乱れだった。酒乱航路は果てしない。酒乱、二日酔い、その行程を辿ったあとは、どこかさっぱりするのかご機嫌な父親像に変身。さっきまでふて寝をしていた光二が仁王立ちになって大きな伸びをし、今夜は外食だぞ、たまには母ちゃんに楽させてやんなきゃな、と言って先に立って歩き出す。殿様の後に従う形、末の子はとうちゃんの腕の中。そのパパの腕に縋った娘は大はしゃぎ。幸せを絵に描いた家族の夕暮れの行進。不審顔の長男と次男の二人と比奈は思わず手を繋ぐ。この大名行列が薄氷の上を歩いているとは誰も気づくまい。

髪結いの亭主と言われ俺はみっともない立場だったが、甘んじて受けきた、と光二は言う。比奈はそれなりに気を使い、卑屈にならないようにと、必要な小遣いは黙って持っていける曳き出しを決めておいた、そのことを言っているのか……。だとしたら、それから開放されたわけでよかったというわけね。と、胸を撫で下ろした。どちらにせよ、彼は、髪結いの亭主にはならなかった。縦の物を横にもしない。オイッ新聞、口と手が動くだけ。ずぼらと面倒臭がりやは持って生まれた性格なのか生地そのままを貫いていた。加えて、比奈がパーマやであることが悪いとも言う。お前と違って進学高校まで出てる妹をな、お前の店で働かせてしまったのが、俺にとっては痛恨事だ。パーマやなんかにしてしまって可哀想だった。パーマやなんかによ。パーマやでは俺みたいな医者さまと結婚出来ない。大切な妹が哀れでよ。と萎れて見せる光二だった。

難渋した果てに漸く離婚届にサインしてもらったというのに。比奈も子供も開放されることはなかった。変化なし。俺の字引には離婚という言葉は載ってないからな。最初に離婚を申し出たときと同じ言葉が彼の口にのぼるだけで、離婚して転居した先に現れ、泊っていくのだった。面倒だからサインしただけ？　なのか、彼には面子というものがない。恥もプライドも。節操も。

人を介することは比奈にとって苦肉の策、難事業だった。比奈のすぐ下の弟と、光二の妹の夫である義理の弟、つまり、光二のぽん友に鉄面皮になって頼み込んだのだ。第三者がここまで介入してのことだから、今度は大丈夫。今度こそは一人相撲ではない。が、その思いも無視された。測り知れない不気味ささえ感じて、戦慄が走りぬける。またも一人相撲の延長。

それまでにも、離婚を前提の別居を何回したことか、徒労に終わって元の木阿弥。まったく普通に平然と当たり前のようにして光二はやってきて居坐ってしまう繰り返しだった。上二人の子供と協議の末、必死で、そう死に物狂いで夜逃げ同然、逃げてきたというのに。逃げた先へ、やってくるとき、常にないやさしい父親になって来るから、幼い方の二人は喜々としてしまう。そして、例の如くだ。寿司やにわざわざ握らせた寿司と豪華なデコレーションケーキは歓迎されてしまう。歩く足を持つ相手では阻止不能、理解不能。こちらが狂っているのかと、頭を抱えるだけ。無精者で、常には頼んでも拝んでも入らぬ風呂に、いそいそと入って、夕焼けこやけーの、などと下二人の子供と合唱している。上の子たちと比奈は顔を見合わせている。決意の引越しは何だったんだ、不穏とも奇妙とも色合いの違う空気が渦を巻く。幸せそうな風呂場からの空気もそれに混じる。空気そのものの根源に何かが居坐っている。

光二の元から逃げたい。必死だった。遠く北海道にでも行かなかったら駄目だったとは。長男が受験を控え、転校は考えられず、無理をしても通える範囲でと考えたことで失敗した。今度こそ、今度こその祈りも届かない。今回は自分への最後通牒。目鼻がついた弟妹を比奈は見届け、光二も歯科医の開業にどうあれ漕ぎつけた。もう、この町から出ることを許されるだろう。店を棄てる覚悟。人任せにした。いずれ潰れるようなことになっても、と。

この世にこれほどまでに手に負えない人がいるだろうか。暖簾に腕押し、とか、糠に釘の繰り返しだけだった。光二から身を隠すため比奈は光二が来るときは子供と別居で安アパートを借りた。

弟妹に、もう大丈夫よね。それぞれどうにか生きてって。実家も見回ったりしてね、いずれ母と兄は引き取るけど、と町から離れることを弟妹たちに伝えた比奈は、勝手だと非難され、相談もなく離婚したと詰られた。経済力を失った上、母や兄まで押しつけられると思ったか、冷ややかだった。光二からは、俺の子供のために比奈の母と兄を引き取る真似だけはしてくれるな、と釘をさされる。比奈の母は比奈同様光二から憎まれる定めだった。厭なことは、つい、忘れてしまう比奈だが、光二は母のことを嫌い抜き、あのくそ婆と顔を合わせるのも厭だと、比奈に言い続けた。それに堪えられず経済的にも日常の便宜さからも、子が生まれ比奈は母を必要としていたにも拘らずの別居をしたのだ。母はそれらのことを何も知らず離婚した後でも、光二さんはいい人なのにね、あんたが我侭でこらえ性がないからだよ、と言っていた。

その母が、離婚してからあんたはずっと帽子被ってるけど、気になるよ。と訊いてきた。うん、別に。もういいか。比奈は帽子を取った。何ふざけてるのよ、帽子の下に真っ白の鬘なんて被って。と、寄って来て、比奈の頭に手をかけ鬘を取ろうとする。鬘でないとわかると、私でさえ、まだ黒い方が多いのに、娘が先にお婆ちゃんかえ。びっくりさせないでおくれ。ああ、わかった、白く染めたのね。でも、なんで白く？　流行ってるわけじゃないだろ？　そうだよ、それじゃまるで、尼さんだよ。兄もぽつんと呟いた。母も兄も次男を生んだときに一夜で白髪になったことは知らないのだ。髪を染めていたことも、染めなくしたことも。その日から、比奈は白髪を曝した。四十代に入ったところだった。

そのとき、黄昏の迫った窓を通して鐘の音がゴーンとなった。

あれ、かあさん、この近くにお寺があったっけ。ほれ、また鳴った。ゴーンって……。

お寺さんなんて知らないねぇ。わたしには鐘の音など聴こえないよ。

比奈の全身に鐘の音はしみいるように響きわたる。それを兄は聴き入っている顔をして、傍に立ち尽くしていた。

灯りもつけず窓近くに三つのシルエットは動かなかった。

第五章　寂寞と解放

一挙に四十年も経った話になる。その間に比奈の兄も母も、この世から姿を消している。東北大震災は千葉でありながら光二の住居は被災した。開業当初からの古い借家だった。いつ崩壊するかの危機にあったたし電気もつかずの断水。利根川添いなので不安もあり、二時間ほど離れた娘の家への急遽の避難だった。老いた父親の世話が如何に大変かがわかっているので、息子一同集まってのみなで責任を負うという避難暮らしになった。いわば父親の守りである。それぞれが、そこから出勤、光二にとっての孫たちも、そこからの登校となった。余震も続く不穏、不安の避難体制が敷かれた。被災地に準じている。

そこでは裸のつき合いで、おやっ、という父親像を見ることになる。孫から見ての祖父の姿とか……客観的に見てしまったというか、畏怖でしか見なかった父親を至近距離で密着して見てしまった。ベールは剥がされた。ベールは本人がかぶったのではない、まわりがかぶせてしまったものだ。それを一枚一枚と剥ぎながら、へえ、こういう人だったの、という発見。加えて、平生の酒乱がある。場所が変わっても、事情が変わっても変わることのない酒乱の姿。避難先では住居が隣接していて近所にすべて筒抜け。白壁の蔵や川が防壁になるような光二の家、歯科医院のようなのびやかさはない。酒乱には、その分別は所詮無理だった。

子供それぞれが一様に首を傾げながら捉えてしまったものを溜め息まじりの声でいう。ねぇ、父さんて、あんなつまらない人だったのか？　俗っぽすぎるよ、人間として最低じゃないの。信じられぬぐらい低レベル、あれがおやじ？　それぞれが感じた素直な表現、口にしたくないことをあえて吐き出してしまったのだろう。別々な時と、場所でだったが、ふと、洩らしたそれらの言葉が、束になって比奈の眼の前にどんと置かれた。比奈の方が驚いた。子供たちから、そのようにしか見られない人なのか、それこそ箸にも棒にも引っかからない人という意味では家族の中では周知のことなのに、なぜか新鮮にショックを受けた。まさか比奈が防波堤になっていたわけでもないだろうに、そんな気もしてくる。それにしても、いつの日にか、その反対のことを口にして、この比奈をほっとさせてくれる日があると。比奈が理解できなかったこと、迷宮入りめいたことなどを、明らかにしてくれたり、そんな謎ときを、気づきを、してくれるのが子供たちだと。どこかで、微かに期待していたのではなかったか。母さんが思ってるような父さんではない、かくかくしかじかと真の父親像を摑まえてくれるものと……秘かに求めていたのに。

そういう人が……比奈の夫だった人であり、子供たちの父親であり、十何年間も共に暮らした人であったとは……わかっていたといえば、わかっていたことなのだが。打ち消しにかかっていただけ。ただひたすら比奈がカバーしてきたというの？　比奈にはわかり得ない人ではあったけれど、きっと、奥の深い何かは持っていて、出し切れないだけ、本当は尊敬に値する人、と、ずっと、自分に言い聞かせてきただけに。そうしなければ生きようがなかった。せめて子供たちに肯定してもらわねば……。否定されることではなかったのだ。そう、それを子供が教えてくれる日がくるとどこかで思っていたのだ。それが、あっさり、子供たちに一蹴され、その子供から落胆を表明されてしまうと、いまさらではないはずなのに、なんと比奈は、真っ逆さまに、どこぞにか突き落とされるほどの衝撃を受けてしまったのだった。子供たちは嘘をつかない、感じたままを率直に口にしたままでだ。しかも、いっぱし以上の年齢になった子供たちの口からだ。あっさりと。子供たちにとっても、あまりにも、がっかりしてのことだ。母親への哀れみ、侮蔑もたっぷり含まれている。平手打ちをくらった。子供たちからの蔑視、慨嘆しているさまが、その子供の気持が比奈にはただ痛い。よくよくのことだ。それでなくとも、未曾有の東北の大震災。まともに被害を受けたわけでなくとも、途方もない被害に驚愕、ただごとでない戦慄を感じ続けていたので、まともでない心理状態でもあった。生きていることが奇跡、死なないで生かされていることも……問われてもいた。混乱混迷の中に彷徨ってもいたときに。子供の父親への非難は、つまり、この災害に対しての光二の捉え方、無関心さ、テレビ漬けの科白に呆れもしたのだ。それは暴力的でさえある。いつもの番組が観られないという身勝手な不平不満を光二は、やたらにぶつけた。こんなことで妨害されたという憤懣やるかたなさを、ケッ、糞面白くもないッ！　と吐き棄てもしていた。その姿をみて、子供たちは、わが身が恥ずかしくなったのだ。

この話はみたりごと出逢う二年前のこと。生きて来た意味が失せて、なぁんもなくなって、がたがたがたがらがら何かがもろに崩れていく。それらに似たことは、これまでにも光二相手に何回も味わい尽してきた比奈だが、まるで違っていた。立脚点だかが取っ払われ、突然、ぶっ倒されたみたい。倒れても、転がっているのだか、横倒しにされたまま、水中に没していくのだか、皆目わからなかった。ただ、永久に立ち上がれないのだという喪失感と絶望感、虚無感だけがひしひしと全身を包んでいた。その、思いもかけない喪失感といったものの深さに、比奈は飲み込まれていく。

あれから、どうやって這い上がり息をして今に繋げてきたのだろう。皆目比奈にはわからないのだった。みすぎよすぎとはよくいったもので無意識にそれをやって、日々を過ごして来ただけのようだ。

振り返っても空白、いや、不透明であいまいなものだけが漂っている。喪失感以外の何がそこにあるというのだろう。こんな人、と、己を罵る。比奈という人間など生きていたってしょうがない、生きてる価値もない、何故生きてるの……といった卑屈さと惨めさの塊りならまだよいが、そこまでの形もとどめられずのぐしゃぐしゃ、塵芥の寄せ集まりが蠢いているだけ。しかも、どこからも放り出されている。地球からも。よりどころないまま当てもなく浮遊しているのが比奈だった。

過去はあまりにも、ぎっしりしっかり詰まってる。怖いほどに。と思っていた。何しろ、八十年も生きてしまったのだから。それがまったく無意味だったというのか。まるで無かったも同じ。ゼロ？　夫に対して描いたのは、ただの、幻想、幻影だけだったのか。虚空に浮かぶ幻影だったというのか。あの苦労とか努力の積み重なりのすべてが無？　そのことを、まざまざと思い知らされた。どっちにしろ、過去の記憶は悪夢だし、情けないばかりなので、風化させたいと念じ、忘れ去ることに懸命だったのだから、それはそれで、かたがついているのだが、そのないがしろにしてきたものを、今頃になって、なんとか価値があったかのようにに捉え直したいとでも……そのことからしておかしい。節操がない。血の迷い？　比奈自身が認め難かったことを、信じられないからといって、なおざりにしたり隠蔽したわけじゃない。比奈は、子供たちのためにそんなはずはないと信じていただけだ。信じたかっただけ。

とんでもない結婚の形ではあったが、それだからこそ、そのままを鵜呑みにするのは惨めすぎる。

比奈は幻影を描きたかったから幻影を描いた。子供も生んできた。その幻影を否定せず、無意識にだろうとも無闇にでも幻影に縋って生きてきた。そうあって欲しい、の願望を守ってきた。虚像でも何でもよい。母親の自分は駄目人間でも、子供たちよ、父さんは窺い知ることのできないほど深遠な人なのだよ、と。子供たちに向けて口にしたことはなかったろうが、理解不能ということで、霧に包まれた奥深さを未知なるものと感じたいと、そんな思いでいたから、光二を貶しめたりすることはしたことがない。大切な愛すべき子供、その子供の、その父親を、どうして引き摺り落とせようか。

二重人格とか、ジキルとハイド的人物だね、とか、子が大きくなってから彼を揶揄したことはある。子供に語るときは、父さんはね、父さんという人は、とジキルのほうを。嘘ではない、誇大視してるのでもない、そういうところだってあったのだから。願望を、そうあれかしという人間像を作り上げたかったのかも知れない。ただ、単純明快、希望と夢に縋りたかったのだ。そこに一縷の望みを賭けたとて、誰かに損をあたえるわけではない。人間像なんて誰にだって作れる。比奈でさえ虚像を作って子供を騙してきたといえるのだから。意図しなかったにせよ、偶像は作れたのだ。見事な裏切りと居直り。無意識にしろの厚かましさ。

父親と子供との中間に立って、比奈は、なぜかいつも仲介の労をとっていた。子供の気持を父親に伝えなければ。よく思われるようにとの配慮からである。光二は子供をけなし、いつも見下していたから、そんなことないよ、と、その父親の思いを緩和したかった。絆が薄いと感じられれば、それを強くしていく役目を誰だって受け持ちたくなるだろう。

子供には、父さんはきっとこう思ってるに違いない、とか、こんなこと言ってたよ、とか。しょげてる子供をみているのは辛かったから。子供と父親の距離がありすぎたから。父子関係がうまくいくようにと、気を使うのは、はらはらすることが多かったせいだ。父親の子供への愛情不足を補いたいと願ってのことだ。しかし、もしかして、比奈は徹底して狡いのではないか。楽な方法で自分を誤魔化し子供をも。真実を見たくなかったというか。自分が悪い、駄目だから、というのは簡単。それが不遜、傲慢なのだとは思ってもいない。ただ自虐的になることによって何とか生きてしまったから、どうしようもなく堪えてきたと思うといても立ってもいられなかった。

さりげなく突きつけられた真実に打ちのめされ、言葉を失った。自分に向けて何も言えない。何日も寝込んでしまった。子供が異口同音に言うつまらない人、のために尽くしたというのはおこがましいが、献身的というのも口はばったいが、自分を押し出さず何歩も引いて引いて、彼のため身を粉にしてきたのではなかったか。勿論、別れたくても別れてくれなかったから……を繰り返してきたから、胸を張れることではないが、ああ、あの時間、あの積み重ねは何だったんだ。取り返しがつかないとか、徒労だったとか、簡単に言ってくれるな、どうしてくれるんです。この、私の一生は……一度切りしかない人生なのに。もう、いまさら、穴埋めもできない。間に合わない。お前の一生は何だったの？　子供たちから、尊敬も得られない人と、十何年も暮らしてきたんだよ。それが出来たということは、母さんもつまらない人ってことだよ。その人から勝手なことされっ放しだったのに、従順ではないにしても、そう、常に離婚、逃走しか考えなかったのだから。でも、恨んだり、憎んだり、口汚く罵ったりは出来なかった。いつも下手に出て相手を立てて、この人は今はこうだけど、今に本当の姿を現し納得させてくれる人なんだと……信じてきたのではなかったか。

今見えているままのはずはない。生んでしまった子供のためにそうあって欲しいのだ。こんな、可愛い素晴らしい子の父親じゃないか、いつも、それが先にあった。それにしても、つまり、子供が見抜いた。それこそほんもの。打ちのめされないほうがおかしい。まるで無意味だったかの比奈の一生、そのものに参る。懸命に生きてきたつもりだったが、何のため……これまでのこと、すべてなんだったの？　泡ぶくになって、消えていってしまうだけのもの。みんな真っ白。真っ黒。なぁにもない、何も。

お前の、その努力とやらもなんのため？　水泡に帰したねぇ。意味ないこと重ねて来たんだねぇ。溜め息も出ない。涙も出ない。ただ、痴呆になったみたいに、口も利かない、利けない。取り返せない、たったひとつの人生、哀れとも情けないとも、どんな星の下に生まれたというのだろう。真っ白になった目の前に、射す影もない。

まさか、八十歳にして、こういうことと出遭うとは。空っぽの人生を突きつけられるとは。比奈はどうにも自分を奮い立たせることができなかった。青息吐息、萎えに萎えて心身ともに萎えて、手の施しようなし。

泣くでもない、笑い飛ばすでもない、何ものかに吸い取られたか、すかすか、芯棒もないから、つっかえ棒も勿論ないから、もう、一生立てない、歩けない。気力などというものなど、気が抜けたとき一緒に抜けた。

専制的で、子供が野球に夢中になると、そんな暇あったら、勉強しろ、と、バットやグローブを取り上げた。東大でも入れるぐらいの気概で勉強してみろ。そんな気力もないのか？　柔道をやりたい、町の道場に通いたいという子供を励まして柔道着を用意したら、けっ、馬鹿な親だと一瞥され震え上った比奈。否定され、けなされはするが、父親から褒められたことは家族の誰もが記憶にないのではないか。

彼のことを、ただ、怖い、の一言でくくれる。過去、現在、未来、すべてが怖いだけ。その光二に、比奈は堂々と挑戦状をしたため、それを子供全員の前で読み上げたことがある。

忘れもしない。ただ一度のことだったから。必死だったのだ。いや、思えば口で伝えられず聞いてもくれないのだから、度々、思い余ってラブレターならぬ手紙で切々と訴えたものだ。そのときそのとき一世一代の思いを込めた。だから、つい、比奈は錯覚した。とんでもない生き方をし、流されていながら、常に一生懸命で何事も四つに組んでやってきたという、わけのわからない自負をもつに至ってしまったのかも知れない。結果はすべて読みもしないで握り潰された。それはさておき、今回は握りつぶせない。みなの前での比奈が手にしての公開だから。次男が結婚する朝のことである。この期を逃したらチャンスはない。この日だからこそ、言わなければならないことなのだと。次男の生涯の晴れの日に、いくら光二だとて、爆発したり、荒れることもあるまいと比奈の計算。子供たちを盾にするのが身についてもいる。

我が家の子供の中で一番先に結婚する次男と、これから結婚していくであろう子供たちにきいて欲しい。これから、読み上げるけど大切なことだから、心に留めておいて欲しいの。一晩かけて何枚もの便箋に書いたものを比奈は勇気をもって読む。

子供が結婚する年齢になったことで伝えなければならないことがある。この家の夫婦のあり方はまちがってるということ、離婚した夫婦が、今日は次男の結婚式だから、まあ、別としても、離婚した妻の家に来て当たり前に泊まるなどということはおかしいこと。それを、そんなものかとルーズに考えないで欲しい。けじめというのは大切で、ちゃんとけじめをしていくのが、本当の姿だということを、しっかり認識して結婚していって欲しい。相手があることだし、相手に失礼だったり、迷惑をかけないためにも。いうならば、ただの常識です。結婚とか離婚とか、この家に流れている空気は真実ではないから、そのことも、肝に銘じて、大切な人生の門出だからね。親として、ちゃんとした夫婦の姿を見せてあげられなかったこと、子供たちに申し訳なかったと思ってる。残念だけど、まるでぜんぜん駄目だったから、そのこともよく覚えていてね。何が何でも、真実であること、嘘のない夫婦になってね。結婚と限らず、誠心誠意真実である人生でなければね。今日は、みなにとっても、新たなスタートの日だと思ったから。その第一歩よ。虚偽や偽善は今日限り終わりにして、何事も本気、本ものでいこう。

　こんなことをだったろうか。子供たちの父親を前にして切々と訴えた。いつ、怒号を発せられるか、日本刀を振るわれるか、脅え、身を構えながら、泣きながら、声もかすれた。便箋を持った手が震えてもいた。

　そのとき、光二はどうだったのか、まるで記憶にないのだが、肝心要のとき彼は、まったく存在感を示さない妙なところのある人だったという気もする。思慮深い人のように目を瞑り、ある重厚さを持って寡黙。自分が不利なとき大人しいのだろうか？　そんなことはない、どこを探しても自分たち家族に向けて大人しい人であったという記憶はない。何かを発している。何も事を起こしていないときでも存在感はある、不穏な空気を周りに漂わせていた。人様の前でなら、いや、人がいれば愛想のいい人だったから、そう思うのとも違う。きっと、あのときは、次男の普通の日ではないということで、自重してくれたのだろう。ならば、彼にも子への愛情はあったことになる。次男のために救われることだ。確かめられてよかった。

ああいうことに立ち向かえた自分もいたじゃないか、ということを思い出したことで、これではならじと、比奈は辛うじてでも、立ち上がることができたろうか。また、歩き出そうという気持になっただろうか。

そうだったのか、とわかってくれる相手じゃなかったけれど、そして、比奈自身の己の馬鹿さ加減に忠実だっただけ、という認識をしただけで終ったけれど。

子供たちには、失望、失意を与えただけの両親だった。どうにも取り返しがつかない。繕いようもない。そして、もう、今では何をしようとすでに間に合わない。が、現に、子供たちはそんな親たちを乗り越えて、健やかという以上に健全に生きている。結婚したものの一人は離婚、今一人は、いまだ独身だが、あとの二人は家庭を持って存続させている。五人の孫は、また、その親を越える勢いでめざましい進歩、発展の形を示しているではないか。げんなりしているときではない。自分では創れなかった素晴らしい景色を、比奈に見せてくれている子供たちじゃないか、孫たちじゃないか。次の世代を担う者がこうして見事に存在しているのだ。心を強くしなければ、比奈は自分自身に向けて叱咤激励していた。その一方で退化している自分を認めてもいる。ショックから戻れないまま忸怩としているさまは常軌を逸していると……。老い先がないというのに、なんという体たらく。これでは、光二という人間に、まさに一生を振り回されました、はい、それで終わり、ということになる。トラウマに追いかけられたままでか。目も当てられない結末じゃないか。それで終わりなの？　今もこうして比奈はこんなことを羅列している。この情けなさから早く脱皮したい卒業したい。晴れてほんものの比奈になりたい。ほんものの比奈ってどういうこと？　と首を傾げながら。

自分を失っているね。おや、声が……どこからかの声。耀なの？　それともみたりご？今となっては耀もみたりごの声も聞き分けられない。渾然として一体。そう言えば、みたりごこそ、ほんものの生きた証の世界を創っているのでは……比奈は、それに気づく。生きた証が欲しくて、それを手に入れ、遅まきながらも安住しているみたりご。またまた、子供が手本になっていてくれるではないか。それならば、ほんものとして生きる比奈の世界は近づきつつあるのかも……。比奈は得体の知れない感慨に耽っていく。

誰にも見せない。見せたくもない。それだから書き進めてこられた。こんな切ないことを、一体どんな原動力があって書かせられているのだろう。矛盾だらけだ。そりゃあそうさ。という声がする。いつだって、矛盾だらけだった。それでも、その矛盾の中をやってきたでしょ。そうして、そのような生活を紡いできたんでしょ。よく、そういう中で生き抜いたねぇ……感慨深い声。どうして、生きてこられたんだろう？　実際にね。比奈本人も驚いている。比奈は誰と語り合っているのか。

みたりごが、あの日、ああいう形で現実に現われなかったら、比奈はああも、泣きに泣きはしなかったろうし、あれからの、書かされ書いていく苦悩に満ちた日々は始まらなかったろう。まともに向き合いたくなくて、忘れたくて逃げまくってきた過ぎ越し方だったのに。が、またも、なお、かつ、それでも、まだ、顔を背けず生きろ、というのか。書くということは生きるということだから。比奈はそれに従順だったわけではないが、苦しまぎれでほざきながら書いている。その姿は見るに堪えん。比奈が書いてる？　書かされている？　それともみたりご？　櫂だという説もある。どうせ一心同体三つどもえ、誰が書いてもよい。

困るのは、書いたのに、書いてないと思い込み、書かないことを書いたと思い込んでることだ。そうなると、書かねばならないことがちゃんと書けたのやら、書きたくないことは回避してしまったのかが、わからなくなる。狡いとは言わないが、それに近い紛らわしさありだ。個々で責任を持つと言う関係でもないらしいし、境界線がないのだから何とも言いようがない。魂として扱うには、もひとつ、やわな気がするし。霊として扱うには、もっと扱いにくい。なんともはや……この一心同体三つどもえは、魂とするにも霊とするにも、どちらにもほど遠い……溜め息しかない。

よかったねぇ。せめて、こういう書く場をもっていてさ。もう、誰の声だか見当がつかないが、聞こえてきた突拍子もない声。それしかないじゃん。応えてるのも誰なのやら。

みたりごの存在さえも忘れて、孤独を一身に集めようとしているかのような今の比奈は、その厄介な自分を持て余している。

さんざん逃げ惑い続けたようですが、よく言えば助走をやっていたのさ。恰好よく言えば序奏。囃しているような声で。でも、もう、最終章のようですよ。いわば、第四楽章。とも言う。

さあ。早く。もう逃げないで。肩の荷降ろせ。こうして、いま、みたりごに思いを馳せている時間、この、こうして時間をかけていることが、ある意味で、償いであり罪滅ぼしになっているのかもね。それがちゃんと、生かされればいいわね。みたりごの気持を踏みにじることのないような残生を。

露わにされた光二のことだけど、みたりごが承認する父親像でしょ。四人の子の言うのも真の姿。いくら死人に口なしでも、光二自身で、そうだったよ、と言って欲しい。死んだのが事実、真実なら、光二よ、今こそ真の姿を見せてくれ。真の言葉も語ってくれ。

死んで、理想化されるは常。それもよい、供養なのだから。

しかし、それでは、真実は曲げられ、みたりごは認知もされず、ということになってしまう。葬っても貰えなかったのに、ますます、葬むられぬまま、行き場もなく彷徨うことになる。それこそ、親のただの勝手な意向ということでしょう。それで赦されますするのか？　その前に光二よ、みたりごに、真の父親としての一言を。すまなかった、と、率直に詫びて欲しい。それでこそ、往生できるというものですよ。

比奈は疲れ果てたか、自分でも何を言っているのかわからない。もしかして自分でなく櫂がしゃべっているのか、書いているのかも、という疑問を持つゆとりもない。死が近いのかもしれない。

人に言われたからって、はい、そうですか、と簡単に動けるものじゃない、面子にかかわることだからな、と、苦笑いめいたいつにない光二の柔らかい声がどこからともなく聞こえる。この柔らかさは、生きているときにはめったに出さなかったのではないか。生きているときには貸さなかった耳も、死んでからは快く耳を傾けて、その耳で受け入れ、答えているという声。これは和解？　それにに近いのではないか、と、櫂だか比奈だか、みたりごと三つ巴になったものが聞いている。死んでからの光二の変化だ、会話が生じ始めたみたいだ。

光二の後姿のあのどうにもならない寂寥漂うものは、一体なんだったんだろう。いわば、オーラがあるとかいう言い方があるが、その反対のものを、彼は身に纏わりつかせ漂わせていた人だった。どうにもならない寂寥だ、見送る側の心に染み入る淋しさ感を残す。それは、見送って別れた後などどこまでも尾を曳いてただならないやり切れなさとも、回復しがたい哀しさとかいうものだ。彼はあずかり知らぬことだが、あの空気感の後味は何か責められているとか、こちら側の引け目負い目というものになって沈澱してしまう。だから、しばらくの間、それの囚われの身になっていて、大袈裟だが、そこから抜け切れず立ち直れない。多分そういう余韻も含めて、なんだかわからない深遠なものを秘めている人間光二、と感じ続けることになったのだろう。それと、今までまるで気づかなかったが、比奈は憎んでも恨んでもいなかった。そんなどうしようもないことに心を預けたくなかった。子供のためにもならない。が、彼をどうしても愛せなかったという思いは胸が締めつけられる。それらの痛みとか辛さとかが、どうしようもない寂寥という摑みどころのない陰りが塊りになるのかも……。

彼が普通の人と何かが違うと気がついたときは、もう、遅かった。元に戻ろうとしても戻れない。まともに相手になってくれない。まるで動かない。動かないとなったら、前にも後ろにも横にもだ。梃子でも動かせない人だった。一切聞いてくれない。馬耳東風。無視されるだけ。一人相撲を繰り返し疲れ果てて、いつのまにか竦んで蹲っている。これではならじ、比奈には子供がいるんだ、やおら立ち上がったら馬車馬になっている。ただの馬車馬、なぁにも考えない、ただめちゃくちゃに働く。なにがなにやらわからない理不尽だけがぼんぼん膨らんで、手に負えない気球が目の前に。その気球に、いつの間にか乗って揺らいでいるのは、ただの屈辱まみれでのたうっている比奈。そこから手を伸ばして子供を一人、また一人と引っ張り揚げる。

離婚しても、まさかまさかの信じられないことが続行。最終的には何時間も離れた距離まで逃げたのに、怖い思いは続く。まともな思いは通じない、理不尽そのもの。結局、俺には関係ない、だった。切って捨てる言い方は彼の定番。何も変化なし。それが光二という人間を存在たらしめていた。

お前は、男を作って逃げたって町中で評判だぞ、もっぱら、その噂で持ち切ってるぞ。光二からの電話だ。それは比奈にとって脅しにもならなかった。総入歯でぱあくぱく、白髪曝しての四人の子連れ。女でも男でもないただの貧しい親。

とうの昔から真実でないものが勝手に流布されて、一人歩きするものだということを、身を持って知り尽くしている。それに、光二のでっち上げだ、信憑性あるように仕立て上げるに巧妙な人だ。噂など自由に闊歩なさいませ。

子供のことが気になって仕方がないから、来るのだという光二の理屈。光二はそれほど子供のことを大切に思い、本当は子供が好きなんだと……。そう解釈するしかない比奈だった。

そして、あの後姿だ。

彼が訪れるときは、みな、彼との関係においての後遺症を引き摺っているから何事もありませんように、無事に時間がすぎますようにと念じるだけ。壊れ物をさらに毀れないように気を使うだけ。

今もって、みなの心によぎるのは、淋しげな孤独な父親の後ろ姿であろう。あちらは一人、こちらは総勢五人、改札口に佇む者と、そこから離れて行く者。済まないと思い、引け目負い目で心痛め意気消沈の態で家路へ辿る。その気持は尾を曳いてこの家族特有の明るさに戻るまでには、それ相当の時間を要するのだった。皆の心に独り夜汽車に揺られてる光二の姿があるからだ。

別れても、こうして、自分たちに与え続ける寂寥感。そして、威圧感、圧迫感のある空気感というのは一体何を現しているのだろう。何か、根源的な深遠な問いかけをされているせいなのだ。その何か大切なことに気づかない……と比奈は戸惑いと困惑に全身を苛まれ立ち往生だ。そこから何日も逃れられない。

光二が来た日は大変でも子供に任せて比奈は留守にしようと、子供を盾にする卑怯に胸が痛むが、実家もない今はどこに身を隠すのか。近くに部屋を借り、光二が来た日、泊りに行き、姿を消す方法しかない。どんなときも子供といたいのだし。経済的に余計な出費はしたくないが、比奈の内奥から湧いてくる恐怖感というものを抑えこまないことには、日常の生活までが息苦しくなる。どうして、離婚してまで、同じような不安がつき纏うのか。比奈には身を守ることに懸命にならなければならないこの状態が、腑に落ちない。子供たちの父親なのだからと庇いだてする癖があるのも、もう、返上したい……。

自分がいない留守に、と思うだけで穢れるような、日記は持って出るから大丈夫だが、ほかの物も。帰ったあとではみんな燃やしてしまいたいほどだ。その空間に比奈の物があったというだけで、落ち着かない。ここまで考え実践にまでもっていくには逡巡を重ねた結果で、誰かに訴えればすむというものでもない。

そんな折、光二の唯一の友、あのぽん友であり、妹の亭主から、電話があった。比奈さん、ご発展ですなぁ。ぽつんと言っただけで押し黙っている。こちらも、何を言っているのか、言いたいのか、に、戸惑って真意もわからず無言、相手も何を待つのか……そのままでどちらから電話を切ったのか。比奈は勝手に、あの人物だけは何かをわかってくれている、理解者と思っていたが、そんなのは甘かった。今さらではないのに、妙に、独りぽっちという気がした。

日記読ませて頂きました。いつにない丁寧言葉に、全身悪寒が走り、すぐ前にある川端に下りて行った。そんな過ぎた日がよぎった。虚ろになって薄汚れた川の流れを気の抜けたように眺めていたのだった。その川端で、ありったけの日記、ノートを燃やし続けた。その昔、やはり背丈ほどあった日記を燃やした後で自殺したのだっけ、と。今は、子供がいるから、そんな真似はできない。あの人は何をするか、人のいやがることを巧妙に探し出してみせる技をもっている。そしてまたも、離婚してまでも。ただの嫌味。日記などそこらに置いてない。これでは永遠に解放されない。家から姿を隠したところで一向に落ち着かないのだった。こうして、子供たちを盾にしても、留守に何事かが起きたら、比奈がいないということで、荒れるという不安がないでもない。比奈がいた方が荒れるのか、いない方荒れるのか、それはやじろべい。

子供に迷惑はかけたくないと思うばかりで、つまり、押しつけている。その上に、光二がいたというだけで、もう、それだけで、その家に、その場に戻りたくない比奈。足が向かない。足を踏み入れたくない。四人の子供のいる場所は比奈のいる場所でもあるのに。本当は神聖な場所のはずが穢されている。土足で踏みにじられてる。母と兄とは、共に住むこともなく逝かれてしまった。なんの権限があって、光二はあんなプレッシャーを比奈にかけ続けたのか？　それをどうして受け入れたのか？　ただ怖かったからだ。帰りたくない。そんな家に。比奈には帰る家がない。根無し草だ。しかし、営々とそこに今も住み続けている。

それで、また思い出してしまった。比奈の仕事場パーマやの店の夕方を過ぎてからの風景だ。実家に預けてあった子供たちが比奈と一緒に、住まいである父親の歯科医院へ帰るために、長男が末の子をおんぶして、ねんねこ半纏を着ていて、その中に赤子はすっぽりくるまって、次の子たちはそのねんねこ半纏にしっかりしがみついて、母親の仕事の終るのを見計らって迎えに来る光景だ。比奈にとっても子供たちと一緒に歩く楽しみなひと時だ。われ先にと、今日一日の出来事のお喋りいっぱいの子供たち。その賑わいで、疲れを一挙に忘れさせてくれる飛び切り上等の時間だ。にもかかわらず、子供たちに向かって拝むようにして頼む。一足先に歩いてて、すぐ、追いつくわ、自転車だからね。赤子だけ長男の背から自分の背に移して反対方向へ自転車を走らせなければならないときがある。どうにも説明のつかない、処理できない気持の揺らぎを鎮ませなければならないのだ。子供たちの時間に埋没したいのに、そうはさせてくれない、うらはらの気持。比奈は、自転車の上で呼吸を整える。家へ帰るために。四人の子を盾にしての、勇気を出しての、いつもの帰宅が、どうしても出来ないときがある。いつも以上の一呼吸が必要で、そのまま真っ直ぐ家路につけないのだった。説明不能、比奈は自分でも持て余しているのだった。ただ、帰りたくない、家へ足が向かないだけ。勇気を奮い立たせて、明るく子供たちとがやがや賑やかに歩きたいだけなのに、その時間を切り取ってでも、というこれは一体なんなんだ。厄介だ。放っておいたら消えてしまいそうな自分に重石が必要。いくら息を吸っても変わりはしないのにせわしなく息を吸う。わっと噴出してくる涙を、嗚咽を子供から隠すための封じ込め作戦。子供を追いかけながら、肉屋によって肉を、コロッケを買っている。

末の子に打ち明けたろうか。離婚してもお父さんから自由になれないというのはおかしくない？　これって変でしょ。と、末の子が成人してからのことだ。比奈は訴えたのか。助けてくれと懇願したのか。それぞれが自立し、巣立っていってしまい、母さん独りになったときが怖いのだと。あの人から逃げたいのだと……。無責任な愚痴だ、思い余った甘えだ。末子への信頼か？　忘れてくれ、と思っていた。次男が結婚していったとき、比奈は重大発言をしたのにもかかわらず、うやむやの無視の扱いだった。うやむやは永久に続くのか。という思いも加わっていたろう。

どういう経過を辿ったか、どんなに辛いきつい大仕事であったか知る由もないのだが、末の子は筋を通しての話し合いをした。が、常識が通じる相手ではない。男泣きもした、怒鳴り合いもした。何をこの野郎！　立ち回りにもなったらしい。殺してやる、と。取っ組み合いにもなったろう。父親の暴力に対等に暴力をふるったら成人した息子は勝つに決まってる。防禦するだけ。父親から最高に憎まれる役、あえて、その位置に身を置いた末の子。多くを語らなかったが、おおよそのことはわかった。従来の怒号、怒り狂うさまから推して見当はつく。生涯忘れられないような口にしたくもない思いもして、末の子は戦ってくれたのだ。この母比奈のために全身全霊でぶつかってくれたのだ。責任感のあり過ぎる姿に頭が下がった、まさかそこまでやってくれるとは……手を合わせ、光二にも心底すまないとも……それは多分、末っ子の中にも同じくあったものだろう。

それ以後、一切、光二とは関係なくなった。開放されたのだ。比奈は自由になったが、末の子がどれほど傷めつけられ、憎悪を買い、拭えない哀しい思いをしたか、そして、それだけのことを胸に畳み込んだまま、末の子は父親と相変わらずの定期的に訪ねる関係を続けていくのだった。僕にとっては、紛れもない父親だからな、だった。

この末っ子は酒が呑めない訳ではないが、呑もうとしない。テレビは見ない人。偏屈な……と思わぬでもなかったが、最近になって、酒とテレビは父親と直結してしまうからだと知った。幼いときに目を耳を塞いでよいのか、しっかり開けていなければいけないのか、どっちが凄い顔で睨まれ承知しないぞ、と怒鳴られるかが、わからなくて、睡魔に襲われながら恐怖で震えながら、しっかり目を開けていた深夜のことが、いつまでも明けない夜のことが骨の髄まで染みついていてのトラウマ。酒とテレビと父親は三位一体。人間生きている限り日常は連綿と続く。その日常に、でんと存在する恐怖と脅えへの忌避、断固とした拒否、自分には赦さない、というかたちなのだ。終生このトラウマは纏いつくのか。

その末の子の代償で、それこそ始めて永遠の自由を得た比奈。末の子は命の恩人。末の子が小学生になる一年前に離婚はしていたのだから、この自由獲得はどのくらいの歳月をかけたことになるのだろう。

子供によかれということで動いてきたつもりだったが、比奈は必死に子供たちを盾にしては、あらゆることを試みてきたのだと悟る。盾にしたというのは、あくまでも意図してのことではない。後で考えると、そういうことになっていたということだが。いや、いや、酒乱が始まって子供と逃げ回り、追いつかれ、梯子段の下だったり、押入れだったり、二段ベッドだったり、そのときどき、まさか子供に危害は加えまいと、比奈は子供たちを前に砦を作って、その後ろに隠れよう隠れようとしたのではなかったか。そのときは夢中で逃げ惑っていたが、今になるとまざまざとその光景が蘇る。子供を盾にしたさまが。母親は自分が溺れようとも子は助けるものと思っていたが……ただただ風上に置けない姿ではないか。

第六章　残生の中で

ぽろぽろ剥がれこぼれてくる欠片、はらはら舞い落ちてくる記憶。それらを摘まみあげて、比奈は書きついでいく。

子戻し事件というのがある。拭うことのできない事件。長男が地方の大学に行ってしまう、次男も修業で身につけたい仕事を選んだことで住み込みのため家を出る。一挙に上二人がいなくなる。離婚してからは口癖のように子供のためだ、父親のいない子供にしたくないからな、とか、おれは子供に逢わないではいられないのだと、そんなに子供が好きで愛してたのかと、今さらのように、申し訳ないような、その愛情に報いなければならないような仕組みが比奈の中では作られていった。手のかかるうちは母親の元にいるのは仕方ないが、成人すれば社会にお返しするようなものだから、という思いと、子供を独り占めしているわけではないことを示したかった。もう手がかかるわけではない高一になる娘と、末子も小学六年になるのだから、父親の気持も斟酌して、勿論、子供全員と相談した結果だった。全員で二人の引越し荷物を作り、便利屋に運んでもらうことまでした。比奈の内々の気持では、この母と暮らすより、経済的には父親の所にいた方が二人の将来のためによいという打算があった。

下の二人は父親光二のもとへと戻っていったのだった。これまでの引け目負い目が解消されるとでも、みなで思ったのかも知れない。母さんはいつだっていつも、どこにいても母さんなのだし。二人の子が、週末には比奈に逢いに来る。その便利な地点に比奈は引越しするつもりだった。光二の知らない場所に。別れはするが、改めて新しい母子の絆が生まれるだろう希望に支えられた。

一週間に一度、子供に逢いに来る父親は、よそ行きで子供に接してくれていたということを、すっかり忘れていた。子戻しは失敗した。まるで、居ても居なくてもよいような物扱い、子供の存在などあってもなくてもよいわけで。何で戻って来たんだ、と迷惑がられ小馬鹿にされ、鼻であしらわれた。我が家の歴史での大きな曲り角、光をもたらすであろう期待、よろこんでもらえると思った子供の気持は、宙に浮くどころか屈辱感で身が縮み大きな傷痕になる。存在は無視だから、テレビは大きくかけっ放しでチャンネルは我が物。転校して落ち着かないであろう子供への配慮、関心などはゼロ。食事にも弁当にも関与しない。勝手にしろ！　だった。比奈は心細かろうとこっそり逢いに行ったり、距離もあるのに時間をかけて次男も駆けつけ様子を見に行くというより、励ましとか、今後のことを相談したりの居ても立ってもいられない事態となる。だからといって、殺伐とした日常の空気感など変えることはできない。二人はそこにどっぷり漬かっているのだ。そこにいられず、みなで逃げてきた場所に舞い戻らせてしまったのである。光二に内緒で、町はずれの人気のない高架線の下とかでの逢瀬を持ったところで、何の足しになるというのか。枯れすすきの河原はうらぶれた忍び逢いの母子の姿には相応しかったろう。改札口で隠れるようにして手を振る子との別れ、身を切られるこの吹き晒された思い出も、哀しい数々の過去の一ページに加わったのだ。

末の子は再度の転校をして戻って来ることになったが、娘は高校なので転校もままならずの苦労も重なった上に、比奈の身代わりになって憎まれ邪険にされた。現に電話で光二は言ってきた。お前の手先として派遣したってわけか？　なんで父親のこの俺が監視され探られなければならないんですかね。比奈は恐怖から開いた口が閉まらない。娘は、それ以上の怖さから、真夜中に祖母の家まで逃げていくということを繰り返した。父親であって父親でない恐怖を与えられトラウマを作る。それからの娘の生き方に大きな影響を及ぼすことになる。つまり、子戻しは失敗に終って、誰も口にはしないが母さんは一体何を考えていたんだか、という疑問を抱かせる結果になった。比奈にとっても身が縮むとか身の置き所がないどころではなく、下の二人に、これほどまでにわけのわからない犠牲を払わせ何が何やらわからない想像を絶する事件となってしまったのだ。その後、また、比奈と下の子との三人で暮らしていくことになる。光二は何事もなかったかのようにやってくる。不安状態は増長、延長されただけ。この事件も、掘り下げてみれば、子供を盾にし、少しでも自由を……との得て勝手さではないか。それはとにかく、逃れようのない比奈の奥底からの呻きが聞こえるようだ。

さらにおこがましく、わがことのみのあり方をいうと、あの世にも、この世にも、大切な可愛い子たちがいて、その子たちに逢いたくて行ったり来たりしていたのではないか。やりきれぬことに直面しようが、のたうち呻めこうが、葛藤の果てぼろぼろになろうが、あの世とこの世を行き来したりさえすれば可愛い子たちと逢えた。それが、これまでをどうにか生きてこられたということなのではないのか。

比奈が生きながらにして、死んでいるような生き方をしているときは、生存者の子供側に比奈は存在していなかった。というよりも、心ここに在らずというか放心状態になり、浮遊していたのかも知れない。そのときには姿なき、みたりごにぴったりしがみついていたのではないか。比奈にとって都合よいことに、みたりごが大きな部分を占めるときこそ一休止、安らいでいるときでもあったのだ。おおいに歓迎してくれて、みたりごは、もう戻ることはないよ、と暖かいのだったっけ。比奈は彼岸と此岸を泳ぐ繰り返しで、生きてこられた。四人とみたりごの狭間で生き継いでこられた。こうして七人の子供がいなければ、今の比奈が存在し得なかった。間違いなく、七人の子供に支えられてきた。比奈の人間としての芯は、このバランスによって出来上がっている。比奈は紛れもなく子供たちに育てられてきた。みたりごは比奈の中に存在し、天空にも存在して変幻自在。どこにでも存在自由、のびやかなのだ。

己れの、その存在を認められたい、との要望は、ずっと、みたりごだけのものと思っていたが、煎じ詰めれば、比奈の内奥からの希求でもあったのではないか。比奈は自分自身の存在そのものの不確かさに脅えて、それを確かめたかったのではなかったか。無意識だったとしても。それに、ここへ来て急に、比奈自身が生きてきた意味がすっかりわからなくなっていたことに気づく。空白でしかなかったから。あまりにも心もとない。そのせいで、みたりごにせよ、比奈にせよ、その意味を問うていただけなのだろう。問うしかなかったのではないか。

冷蔵庫事件があっての入院騒ぎのあとの、四人の子供たちはさらなる地獄を味わう。体当たりの必死さに精神的苦痛も、これでもか……と続く。光二と対するばかりでなく、光二の背景との関わりも加わったのだから。こうなるまで父親を放っておいた子供らよ、母親と一丸となって光二を捨てた奴らよ、との叔母たちの責める目、村意識の結束、絆は固い。身を切られる立場に身を置いた子供たち。その子供たちの苦渋を思って眠れぬ夜があろうとも贅沢過ぎで、子供たちに向けて、ただ手を合わせるしかない比奈だった。光二という老人の介護の大変さから、距離をおいているだけの比奈なのだ。

老齢になって歯科医院を廃業してからは、看護婦も通ってこなくなっての一人暮らしだったので、子供たちは交代で見回ることになる。光二にすれば廃業後は、子供のうちの誰かが自分と一緒に住むだろうと思っていただろう。それとなく打診してもいたろう。しかし、守らなければならない家庭を持っているし、これまでの経緯からして光二と暮らせる人はいないだろうと、子供側には暗黙の了解があった。光二から発せられるものは、表現しにくい見えない放射線のようなもの。その上、自己中心の我侭で尊大、人を人とも思わない。酒乱は相変わらずだし一緒には住めない。その分を交代で守りをする子供。そういう羽目に追い込んだ自分の罪に比奈は生きてる心地なし。ただ謝罪し、深く頭を下げ合掌するのみだった。離婚して徹底して孤独になったは光二、店をやめざるを得なくなって経済的には苦しくなったものの子供の誰かとは必ず住んでいた比奈。差があり過ぎて安閑としていられぬ思いになるときがある。

離婚して転校させられた当時の子供たちはそれぞれに苦労した。それでなくても、引っ込み勝ちで内向的な性格の持ち主たちなのだ。その頃、次男は使えなくなったちびた鉛筆に小刀を入れ仏像を彫っていた。何体も何体も創って並べていた。おや、この子は円空？　小型円空ちゃん。末は仏師にでもなるのかしら。など思ったものだが、心に何を秘めていたのか。思春期だったし学校に馴れず友だちもできず、鬱屈してのことかも知れないのに、器用な子だと感心しただけ、安直過ぎる母親だった。

比奈一人の戸籍を別な土地に作っての離婚で、父無し子にすることはできない。父親の籍に子供たちは残した。親権者は父親だが、子たち全員と暮らす比奈の負い目が盆暮れには父親のもとへ子供を泊まりに行かせた。大晦日、元旦は比奈独りで迎えた。光二がこの世を去るまでの習慣になった。巣立つまでは母親の役目とし、巣立ち自立したら、光二にお返しします、という気持が比奈にはあった。子供はその習慣を崩さなかった。母親は夫を捨てたが子供たちは父親に礼節を尽くしていた。孫が誕生すれば祖父と祖母に見せに来る。離婚してる親は別々に住むから、相手の実家と三ヵ所に顔を出さなければならない。そのことも子供にすまないと思う比奈だった。壮年になった子供たちは多忙を極めているのだから。

比奈は子供に感謝し、胸が痛かったが、その頃まだ比奈は子供を犠牲にしているとは思わなかった。母親の比奈にしてくれる以上のことを父親にしてくれることが公平なのだと思っていた。しかし、親が老い、子供たちにも、それぞれ連れ添った相手の親も老いるわけで、離婚さえしていなければ、互いの親と自分の親と、ということで配慮は二つでよいものを離婚している親がいると三方への気遣いとなる。老いた父親への配慮は子供たちにとっては格別なものになっていく。子の負担が大き過ぎる、大きくなっていくばかり。思いやりのありすぎる子供たちだから、なおさらだった。まさかここまで、男親を子供任せにするとは離婚どきに考えてもいなかった。比奈は自分だけが楽で安全圏にいるという図がゆるせない。

光二晩年の一人暮らしは、こどもたちは交代で三日とあけず世話をしに行くようになる。廃業するまでは姪っ子が通いで来ていた。よくできた姪っ子で、細々と歯科医院を続けられたのも生活面から営業面まで彼女が負った。開業から廃業まで姪っ子なくしてあり得なかった。家族ではない身内と、光二が内面と外面、それを使い分けられる微妙な関係というか距離というものが、うまく成立したのか。いや、普通ではない彼女の奥深いやさしさと根性で、保たれてきたとしかいいようがない。光二から逃げなければならない家族の必然と異なるものが、光二の両者への対処の仕方にあったにしても、姪っ子の存在は特異な輝き、静かな透明さをたたえて控えめに光っている。

比奈の知る姪っ子は高校を出たばかりの娘だった。光二の葬儀に彼女は孫を連れてきていたというから、名実ともに青春からおばあちゃんになるまでを光二に捧げてくれた愛がある。感無量だ。

思いは溢れるばかり。あまりにも子供への申し訳ないことが多すぎて途方にくれる。ともかく、子供が対する彼の一生がそういう生活だった。子供が出来て、比奈には笑いのある生活になったが、家族の誰もが光二に、その笑いをもたらすことはできなかった。いつも不快さをまる出しにして見せるだけだった。機嫌がよいときを探すのは難しい人。その光二と子供たちは、今も、まともに向き合っているのだから。他者がいれば、柔和な人格者なのだが。その人格者だけの面の光二と過ごしたときもあったのを思い出す。

娘が学齢前に腎臓を患って入院をしたことがある。比奈は末の子を連れて付き添った。一挙に三人が入院したようなものだった。店は人任せになった。光二は毎日見舞いに来た。娘がよろこびそうなものを携えて。子供病棟だったので、みな家族連れで賑やかだった。病状はいろいろだったが、同室には長い入院生活の子もいて、家同然に振舞っているという気の置けなさが満ちていた。そこに、光二は現れるのだが、比奈の知らない驚くような社交性を見せ、如才なく、誰彼となく親しくなった。とにかくやさしい。付き添いの母親たちから羨ましがられた。病気だといいながら、日を追うごとに快方にに向かってくれていたし、娘にとっては大変だった病気にもかかわらず、母子の平穏と安らぎある日々の到来だった。光二の二面性のよい一面だけをたっぷり味わった時間でもあった。こういうこともあり得るの？　束の間にせよ忘れられない。虚構の上に築かれたほんもの？　虚構の上に築かれた虚像？

どちでもよい、たしかに幸せの匂いがした。

見舞いに来た長男次男が常にない和やかな空気に浮かれて、時期外れで珍しい見舞いの品、苺に思わず手を出した。お前らのものじゃない、ぴしゃと叱られた。何もそんな……一瞬にして変わった空気感を元に戻すことは出来ない。妹の入院で、母も、ちっちゃい弟も不在。ここへくれば、と嬉々としてやって来たというのに。これから帰る所は祖母のところ、ここにいるこのぽっちゃぽっちゃ可愛い赤ちゃんもいないのだ。そこから小学校に通っている淋しい毎日なのだ。苺ひとつで子の気持を惨めにしてしまう光二の、瞬時の変貌ぶりは、たとえ、仮の幸せをでも破壊する。何かが、切って落とされるのだ。明るさの後の、その影の異様な暗さ……。

こんな可愛い素晴らしいとしか言いようのない子供の、その父親なのだから、自分が見抜けないだけで、本当はこの子供の親たるに値する素敵な人に違いないと。光二という人を比奈は自分の錯覚、誤解であろうとも、そう限定した。自分を懸命に慰撫して、前へ前へと進め進めとやってきた。

毎月歯科関係の雑誌も届くが、ほかの封書と同じく封を切らないままで、積まれ山になり埃をかぶっていく。ある時期、碁の本、盆栽の本などは手にしていたが、子供の頃、教師の子がクラスにいて、世界文学全集を持っていて、本人は読まないで貸してくれたもんだから、全部読んでしまったという自慢話は、どこへいってしまったのか。

どうぞ、子供に染りませんように、反面教師にして欲しい。と、念じて暮らしてきた。音楽にも美術にも、あまりに無関心だから、比奈は隠れて、美術展や音楽会に連れていった。思いの何分の一も実現しなかったけれど。昔、弟妹にも時間を割いてそうしてきたときは、誰に気兼ねすることもなかったのに。わが子とのことなのに、まったく、自由がない。まるで希望や願望、夢を持ってはいけないかのようだった。光二がいないとき、子供たちと遠慮なく音量を大きくしてN響のコンサートの映像に興じるのだった。普段テレビは光二の独占だから、開放されると食事中にも構わず比奈は箸を持って指揮者を真似てタクトを振る。子供のそれぞれも食器を楽器にしての演奏会だ。箸を弓にしてバイオリンを真似るもの、鍋の蓋をシンバルにするもの、お櫃をドラムにしたりテーブルはピアノと、掛け持ちで忙しいのもいる。みなで思い切りのよい合奏。ハミング。

母の日の作文に、長男は、母はぼくが悪いことをすると箒を持って追いかけてきます。でも、母は赤ん坊におっぱいをのませながら箸をタクトにして指揮をするぐらい音楽好きです。そんな母が好きです。大きくなったら、ぼくは、母の好きなベートーベンのお墓参りをさせてあげようと思っています、と書いて先生がみんなの前で読み上げたという。その作文は比奈のお大切ちゃんの宝物箱に入っている。

比奈が台所仕事をしながらラジオのクラシック音楽など流していると、高尚ぶりやがって、と、舌打ちして、トイレに行く通りすがりにラジオを消していく光二だった。

渦中に身を置かなければならなかった子供たち。老いての酒乱は、なお一層、酷さをましていて、冷蔵庫事件を起こす前から、渦中も火中、火のついた洗濯機の中に入れられ攪拌されているようなものだった。いつの間にか泥棒呼ばわりをされる……炬燵板の下に置いた金がない、お前しかそれを知ってる者はいないんだから、まさかな、とか、子供を憎むに長けてくる。

水が張ってないから助かったものの、光二が風呂桶の中に逆さまに落ち、空の風呂の中で一晩を過ごしたことがある。定期的に訪れる姪っ子が発見して大騒ぎになり、駆けつけた息子たちは、年上の従兄から頭ごなしに怒鳴られた。老いた親を独りにしておくからだ、首折って死んでいたかも知れないんだ、大きな瘤を作っただけですんだが、引っ張り揚げるさえ大変だったんだぞ。光二の身内が揃っていて、子供たちはここぞとばかりに責められた。光二の妹たち、子らにとっては叔母たちの白い目の放射を一斉に浴びたのだ。お前らは、男を作って出て行く女と一緒になって、このおいらの兄い、お前らの父親を捨てて行ったんだ。どうしてくれるんだ、この兄いの惨めさは、お前らの母親がしたことだ。お前らは、どう責任を取るつもりなんだ。えっ、わかってんのか？　と詰られる。針の筵、死刑台に立たされているに等しい。後になって知るのだが、光二は離婚したことは伏せておいて、子供を連れて出て行った女、しかも、男がらみ。それにも関わらず、俺は月々の生活費を送り続けているのだと。比奈は自分のための金銭など一切受け取っていない。勿論これまでずっとだ。離婚後は最低の生活費、子供の人数分だけを持ってやってきて、子供の前で、ほら、数えてみろ、生活費だ、とこれみよがしに子供に手渡す。ありがとうございます、と言わせる。比奈には理解不能の光景だった。

ただ酔っていてトイレと間違えての事故だったとは誰の目にも明らかであったが、本人は、あのとき誰かに強く押された、とぽつりと言うのだった。酒臭い息で呂律も回らないぐらいなので、まともに聞き取れなかったから救われたものの、光二の意のままになっていたら、子供のうちの誰かが嫌疑をかけられ警察沙汰になっていた。子供たちは屈辱まみれ。その場に居合わせない比奈の苦衷など高が知れている。

震災後は、光二と子供の距離が日常という形で近づいたことで、光二の人間性が露呈されていったというか、まさかということばかりが起きた。娘の家での避難生活も、一人暮らしに馴れた光二には、すぐに我慢の限界がやってきた。現在の実情、状態、状況にはお構いなく我を通す、我慢が効かない。俺はあそこを離れるわけには行かない、と言い張った。半分崩壊を免れた家は、家主が応急処置で屋根に青いビニールシートを張ったりして、辛うじて、住めるようにしたことで、子供の心配をよそに強引に戻ると言ってきかない。そんなことを繰り返せば、毎日が戦いのようなもので、よく、三ヶ月もったものだと。光二にとっては、ごく普通の生活のありようそのままだったろうが、自ら己の実体を曝した。そしてその後の、風呂への落下と繋がるのである。子供たちは、以前よりも頻繁に父親を見回る。共に住んでやれないという痛みと、また、何かあったら、という心配もある。時間を作るにさえ大変で、交代順番制でやり繰りしていた。播いた種を、はびこるに任せ、刈り取るでもなく、後始末を働き盛りの子供たちに押しつけている母比奈は、何者かによって、ひたすら問われる。あんただけ楽ちんね、と。

光二と共にした頃の暮らしが、実態が、比奈にはいまだに怖い。だから、書いたことをあいまいにしてしまいたい何かの力が働くらしい。詰られているというか、あまりにも暴露的告白だから、俎上にあげられた人物に向けての胸の痛みということかも知れない。

それと、現にその場にあったときの無言の圧力というか、見えない放射線めいたものの強力さが、彼の亡き今もいまだ続いているということでもあろう。後遺症ということか。その残像の跡が深い。何十年も前に別れていても、その存在感はまるで変わることなく比奈の中で鎮座している。

突如、櫂の声。

――人間は勝手だ、都合よいようによ、正当化してしまったりさ、話になんねぇ、すべてご都合主義だべ。おらが、比奈さ創って、逃げてると同じだべ。んでも、比奈さに助けられてむごい真実にも向き合う力与えられたとも言えるだから。いやはや、比奈さもおらもたいへんな人間としての役回りばしてんだなぁ。んでも、死ぬまで、人間は懲りずに人間業やってんだわなぁ。

みたりごの代弁者の比奈さにしろ、架空の中をこうして協力してくれたりしての元気さだ。みたりごにしろどこまでも虐げられたけんど、あそこまで堅実に健全に、しかも、明るく命ば繋げてきてくれたではないか。おらぁ、すまないすまないというしかない人生だったども、ここへきて、細切れにしろ、これら全貌を見たで、生きてきて知るべきをちゃんと把握したつうことで、生き継いできた意味はあっぺさと、本気で思うことができただ。

おらぁ、深く頭垂れてよ感謝するだ。みたりごに、比奈さによ、架空であって実在、実在であって架空、言うべき言葉出てこんけんど、もっとも確かな存在として、おらぁに実感させてくれた愛すべきものたちなだ。おらぁ、本望だあ。こうして、巡り合えたことがよー。

これを書き上げあげたら死ねる、いつ死んでもよい、と思っていた比奈。まだ死なないで生きているなら、生きていたからこそ、見えるうちは書けることを書いていくだろう。半紙に筆一本あればよい、身につき習い性になった、それを貫く。目が終えてしまう前に、やることはやる。

比奈は覚えがないほど、虚空の中にいたのかも知れない。なにもかもが失せて何もない人になって宙を彷徨っていたのか……記憶に残っていない膨大な日々が、ただ過ぎていった。すべて承知していたことなのに、光二の正体を見せられて、新鮮に衝撃を受けてしまった比奈という人間は滑稽すぎる。しかし、ほんとうに、足元から、払われたような、そのまま、すっとんと丸太んぼうみたいにぶっ倒れてしまって。目を丸くして、きょっとんとして。萎えてしまって。その状態がそのまま続いて。続いて。なおも続いて。その比奈の心が快復しないうちに、またも、衝撃を受ける日が、やってくるとは。

冷蔵庫事件で入院した際。アルコール依存症だ、と診断され、さもありなん、ぐらいの受け取り方だったろうか。時を経た今頃になって、酒乱でなく病名があったとは？　と、なぜか慌てる。そして、改めて、その依存症という病のことを身を以て知ることになる。

他意はなかったが、比奈はアルコール依存症について調べることにした。酒乱だから、と思っているのと、アルコール依存症、と思うのとではまるで違う。無知ながらも開きがありすぎるのだ。昔、酒を断ってくれたら、という思いで治してくれる病院など調べたことがある。丁度そのとき、町内で誰もが知っている酒飲みの鋸屋の主人、その家族が、治って欲しい一念で入院させた病院で急性心不全になって急死するという事件があった。比奈の店の従業員の父親であった。もともと心臓が弱かったというが、断酒するには相当な覚悟と苦しみが伴うと聞いて、命を落とすようなことまでして……と諦め、その件には蓋をした。それきりだった。アルコール依存症とは関係なくなった。

あの冷蔵庫の時は逃げようもない入院で、単なる酒乱ではなく、アルコール依存症も重症だ、と聞かされていたのに、大して気にもとめなかった。それなのに、今さら、治療法など知らなくてよいのだと自分に弁明しながら……が、やはり指先が調べていた。子供たちは入院騒ぎから始まって、その事態に現実に直面しての苦労をしていることを思うと、遅まきながら比奈も、その苦労を分かち合うため、知るべきことは知らないでは不公平過ぎるという責めを感じたのだろう。

意味もなく恐れていた不安にぶち当たってしまった。昔、テープに酒乱のありさまを録れなかったときの気持、人間の尊厳に触れてはならんという戦きを、また感じた。それなのに、あえて、ページを繰る。繰るごとに畏れを感じた。繰るごとに暴かれていくショック。書いてあることがあまりにも光二そっくりで絶句。その症状の冒頭に、この世の地獄を見たければアルコール依存症の家庭を見よ。とあった。そして、依存症にはその根にパーソナリティ障害が潜んでいる……とあったから、つい、活字を辿る。比奈は茫然自失。光二に出逢った時から、これまでのすべてに合点がいったのだ。比奈が身をもって、全身全霊で感受し体験したことが診断資料に入っている。これってほんと？　じゃあ、それじゃあ、比奈は子供たちのために何をしてきたというのだ。比奈はその人と一緒になり、親になった。そして、子供がいる。その事実をどうしてくれる。比奈の頭は真空状態になる。

母親が統合失調症だということを十九歳になるまで知らなかったという生い立ちをした医師の話を読んだことがあるが、夫に去られた母親と、幼いときから二人きりの暮らしだったので、そんなものかと疑いもなくの暮らしをしてきてしまった、と。比較の対象も、比較しよう、などの思いもなかった、と、彼女が言っていたのを思い出す。比奈もそれをしてしまった。渦中にいればそんなものかも知れない。彼女はその事実を知って……それからの回復に何年もかかった、立ち直るのにカウンセリングの手も借りたと。そして、自分を治療し、人間として生き直すために精神科の医師になったと。一生をかけての治療だ。へえ、そんな生き方、巡り合わせをしてしまう人もいるんだと。それを読んだ当時、しいいんとし背中が寒くなったのを覚えている。

八十歳すぎる比奈がこのショックから立ち直るための体力なり精神力はあるのか、そして、それを取り返せる時間も。子供たちの思いになって、比奈の今のパニック状態はさらに加算され気も遠く霞んでいく。

ほぼ一年前、子供たちのそれぞれが、自身がショックを受けながら、父親の正体は、人間失格？　なのではないか、と訴えてきたことがあった。その件で、比奈は、なにもかもが空っぽになるという衝撃を受けた。生きてきたそのことへのどうにもならぬ失意だった。喪失感というか。だから免疫になっているはずで、どんな衝撃がやってこようとも、持ちこたえられる。いうならば、予行練習的なことを経験済みではないか。だから、こうして首根っこを引っ掴まれて、どうだこれをよく見ろ！　と言われても、これでもまだ救われているのかも知れない。それにしても、こういうことと直面するために生きてきたのか、生かされてきたのか。

パーソナリティ障害（人格障害）は風変わりな考えや行動が特徴で統合失調症とよく似た症状を見せる。妄想性パーソナリティもあり、疑り深い傾向あり、周囲の出来事や人の行いを自分に対して悪意があると解釈するとも。社会への関心が薄く感情を示すことがない。人との関係を築くのが苦手で、ものの考え方や、捉え方が奇妙で現実離れしていることが多い。などと容赦なく書かれているのを、つい比奈は読んでしまう。ページを繰ってしまう。

感情が激しく不安定なタイプ。移り気で行動も劇的なため周囲の人が巻き込まれ易い、など。倫理観や道徳観が薄く問題行動を起こし易く、自分が悲劇の主人公だと思いたがり、他人の注目を引くための行動を繰り返す。他人を思いやることが乏しく、自分を誇示し、賞賛を集めることを欲し、周囲に依存し、周囲が支えきれなくなると、激しい反応を示す。自分で何かを決めたり、判断することが出来ず、いつでも、決断を人任せにする。目を覆うばかりの活字が目に飛びこんでくる。

自己中心的、尊大、他人を見下す。共感性に乏しし。他人の痛みに鈍感。他人を物のように扱う。攻撃の対象他責傾向が強い。周囲が自分を理解していない、と周りの人を責める。などなど。

つい、読むまいとして読んでしまった比奈。知らなくてよいことだった。恐る恐る知ってしまったことは罪なことだ。しかも、まさかまさかの、子供たちの父親なのだ。知りたくなかった、知らぬまま逝きたかった。これらのことは薬局で買う薬の能書きのようなもので、誰にでもなにかしら該当するように出来ているものだ。精神医学にしろ大同小異。比奈の解釈は単純明快そういうものだった。自分だって該当するものがある。誰にだってある。驚くにあたらない。みながみな半気狂いのようなものだ。それなのに、悪寒に襲われ、冷や汗が噴出し玉になって転がりどんどん繋がっていく。比奈自身も汗の玉になり消えていけばよい。

この実態を……何故知ろうとしてしまったのか。罪深いことだ。父親と子供たちは深い縁に結ばれている。子供が望んだことではないのに、そういう巡り合わせを比奈が作ってしまったのだ。

　酒乱だとしか思わなかったばかりに、精神科に行ったり、アルコール依存症の治療のための努力はしなかった。それが光二にとっては幸いしたのではないか。この病気なのだということを早くに知っていたら、光二は勿論、子供たちもつらい思いをし、環境は一変し、暗く、惨めさがつき纏った暮らしになっていたろう。とにかく、錯覚にしろ見抜けなかったから、酒乱ということを除けば健常で健康な家庭だと勝手に思っていられた。始末におえないのは、離婚願望だけに縋って生きてきたことだ。それがどうして、健常といえるのか。その矛盾を平気で抱えていたということが、めでたいというか、無知蒙昧、無学のなせるしたたかさ。比奈の利口でない証拠の見事さだ。

　しかし、光二は、いうならば、現世に何の欲も意欲も持たない人だったから、二日酔いで診療を休むような無責任を重ねながら、八十近くまで仕事を続けていたという実績は驚くべきことなのだ。人に使われる身でなかった自由さが幸いした。光二亡き後の整理で、大量の歯のレントゲン写真が出てきて、その膨大さに驚いたという。黙々とこういう仕事をしてきたのだ父親は。真の姿を見せられたようで子供は粛然としたという。

　クリーニングの効いた白い診察着をきちんと着て、必ず白い帽子を被って診察室に立っていた父親が目の前に大きく立ちはだかり、思わず深く瞑目し手を合わせてしまったという。古い借家のままだったし、新式の器具を入れるでもなく、何一つ変化もなかった。経済力もあり何でもできるはずだった。再婚もだ。親戚も放っておくまいと思っていたが、ずぼらで無意欲無気力のほうが勝っていたので、放置されてしまったのか。自分のための贅沢は一切なし。車も持たず、家も建てずだった。大きな犬を飼って散歩したい、と口にしたことがあったが、実現しなかった。子供の誘いで何とか重い腰をあげ孫たちとドライブ旅行したりという時間を共有はしたが、十年一日のごとくの暮らしだった。屋根にはぺんぺん草が生えていたという。無欲に徹していて桁外れ。どこか人間を超えているような風情があった。離婚してからの孤独は、さらなる酒乱を重ねるしかなく、その道を辿るしかなかった一生だった。

あらゆることが過去の過去として葬り去られた。あるのは未知なる未来だけ、未来あるのみ。

子供たちに亡父のアルコール依存症の件は伝えたくない。

今のご時勢は、遺伝子云々のことでは神経質になり過ぎている、と言うか、知識があり過ぎるから、どこまでも追及できるのだ。比奈の胸ひとつに収めて置きたい。何事も調べて、すぐああだこうだというが　恐竜時代まで遡れば先祖はひとつなのだ。そのときから癌細胞は生まれたというし、一様に皆が持っている遺伝子なのだから、それでいい。驚くに当たらないと比奈は勝手に楽天的に思っている。みんな同じでみんな違うのが人間ではあるけれど、みんな辿って行けば先祖は同じ、いずれ自分たちも先祖になる。どんな遺伝子を受け継ごうが、どこから受け継いで、どこに受け渡すものやら、広い意味で言ったら、どうってことない。それで悩むは愚なりと……どこまでいっても都合のよい解釈をする比奈だ。

無教養、底辺の出の比奈であるのに、どこを押しても恥ずかしくない自慢の四人の子。その子供を上回る心身の健全な五人の孫。それに魂の分野では押しも押されもしない美しい清らな心の持ち主のみたりご。比奈は子供七人、孫五人を手放しで誇れる幸せがある。これが、これまでを、比奈を生かした源泉であり原動力になっていたのだ。

精神に障害を持っている人とも知らず、それ相当の人物なのだ光二は、と、そう信じて疑わず、そうあれかしと幻想まで創り上げ、芯の底の方まで思い込んでいくという、そういう人でしかなかった比奈なのだ。今は、今もというべきなのか、ただ、すいません、というだけしか能がない。誰に？　子供にであろう。

見えないが強力なパワーを持ち、その圧力で制した光二。その前で家族は弱者以外の何者にもなれない。屈しただけだ。そういう家庭を築く元凶は逃れようもなく比奈にあった。それへの見据えが出来たのが今だとは？　そう、まっこと、こじつけ万能めいたことばかりしてきた生き方ではないか。それを噛みしめ味わい尽くせ。それが比奈の人生だ、と。それでいい、自分だけなら。しかし、家族に向けては対処のしようがないではないか。どんな言葉も並べられない。

ライモンデーという百年に一度花を咲かせる花があるという。へえ、長い年月生きて一回きりのねぇ。凄いというか哀しいというか、妙な感慨を持ったことを覚えている比奈だが、比奈自身も、そのあまりにも長い百年に近い八十年を営々と生き続けているではないか。その驚きは大胆さに発展するのか、比奈はこれからが自分の花を咲かせる時期として生きていくのかも知れないと、臆面もなく、めでたく思ってみる。何しろ一度だって花らしい花を咲かせたこともない。ひたすら日陰を探して生きてきたような……だとしたら世の中、いろいろあるのだから。そう、めったやたらにないライモンデーの生き方のように、比奈自身だってめったやたらにない生き方をしてきてしまったのだから、残された晩年は、そう、飛びきり上等の孫たちに囲まれた風景の中に立っているのは確かなのだから、これこそライモンデーに負けない奇跡を生きている、とはいえないか。

先日など、孫たちだけで企画して、この比奈を旅に連れ出してくれた。これまでは親たちのプランで、その親子たちに比奈が混じってという旅だったわけだから、驚くべき発展、変容なのだ。山好きの比奈を白根山へ。足が弱いので登山は無理だからと、車とロープウェイで山頂まで行ける所を選んでくれたのだ。前日から曇天だった空は山頂に近づくにつれ澄んだ青空へと変化していった。その壮麗さに心打たれた。雪を残した山々を下に見て、スケールの大きな風景の中に立たせてくれた。年に何度もお目にかかれないという透明な空気にも恵まれて、北アルプスの全貌が姿を現してくれた。そのあと、草津温泉に浸かるというお膳立てだった。感動しきりの比奈だった。さらなる感動は、大学を出て就職した孫の二人が、その初給料を出し合っての招待だったことだ。これではライモンデーも顔負けだろう。

続けて、神秘さをたたえ、まわりの空気を変えている今を盛りと咲き誇る深山石楠花の花園の中を一歩一歩、ゆらりゆらりと歩いている比奈の姿がある。その香りと夢のようなはかない薄い桃色の花にどっぷり浸っている。そしてなお、比奈はこれまで逢ってきた巨木にも未知なる巨木にも逢いたいと、そんな贅沢を求める旅をしたいものと夢見て、膝痛も忘れて歩く。

もしかして、そのときも、みたりごが関わっていたのかも……。みたりごも招待されていてのしあわせの技。自然の中に身をおくときに、何んともいえない馨しさとかを深いところで感じたのも、そうだったのだ。比奈は一人でこくんこくん頷いている、と思ったら、まわりに、みたりごもいて、四人の子もいて、孫たちもいて、みんながみんなの連れ合いがいて、手を繋いでいて、音頭をとっている。なんという賑やかさ。まあるくなって踊っていながらピラミッドみたいになっていく。そう、人間ピラミッドを創り上げている。大家族の大運動会だ。溌剌としたふくいくとした空気感に満ちている中に、膝痛を返上して若返った比奈も混じっているではないか。

　この年まで生かさせてもらってありがとう。比奈は誰にともなく、もしかしたら、すべてに向かって深々と頭を下げている。よくぞ、生きてきたものよ、と。ここまで来ると、いつ終りが来るのか、いつ、目が見えなくなってしまうのか……どんなことで、自分自身がわからなくなってしまう事態になるのやら見当がつかない。だから、まだ、まともだと思えるうちに、手遅れにならないうちに比奈自身が、長いことかかって纏わりつかせただろう虚偽、多分、まだ残っている虚偽という殻からの脱皮をしなければならない。無意識にせよ、いや、承知していて虚偽にどっぷり浸かった時代がありすぎた。

　詫びもしないで逝かないように。残り少ない老いの人生を確かに生き難くさせるものもあったが、それを、乗り越えられたのかも……書くことで。そして、書くことで真実とやらも、比奈なりに見えてきた。

　どこまで、何を伝えれば理解してもらえるのだろう。真実を伝えるしかないのだが、その真実とやらも……ほんとうに真実はひとつなのだろうか。訴えた者勝ちの真実であってはならない。真相ということにしろ、疑問を抱けば際限ない。光の当て方次第で見え方が異なる、となると、めったなことを口にしてはならんという戒めになる。相手の身になってみい……

と誰かが囁いているのだ。

櫂の声の気がするが、妙に弱々しい。比奈の奥底からの声でもあろうか。んだなぁ、いつも公平が好き、といってるからなぁ、差別は肌にあわないだべ、と揶揄されてもいる。

疑うことを知らず、幻想で固めたような、そんなふうに思える一生であろうとも、比奈は子供のための尊厳というべきものは守った。死守した。と言えないか？

だが、それが、一体何だったんだ？　という空白、虚無にもぶち当たる。深い喪失感というか寂寥感、生きてきたそのことへの失意、奥深い谷底を覗くようで、ぞっとする。が、そういって嘆いている間もない。何の因果か、子供たちに懊悩を与えるためにだけに、生き、生かされたみたいではないか。との思いが覆い被さってくるから。それもあるが、また、そういう生を生きなければならなかった子供の父親光二自身のことにも、比奈の胸は痛む。彼自身がそうありたかったわけではない、それこそ、自己責任でもない、遺伝子責任のようなもので、選びようがない生を生かされただけとあらば、彼にしたって、誰を恨みようがあるのか。この比奈は単に受け皿になっただけ。誰か知らんが、その役割を受け持つとして、誰かがお守役をしなければならないのだとしたら……やっぱりこの比奈でよかったのだというしかない。比奈以外の人にそんな思いをさせたくはない。その一言に尽きよう。ああ、もう、比奈でよかったのだと断定だ。みたりごを考えたら何も言えないし、きつすぎるのだが、そのみたりごと四人の子と、そして、孫と巡り合っている、その命の繋がりを思うと、その大元に向けては何と表現したらよいのだ。

あの、後姿の寂しさが……多くを語っている……恨めしかった……どうして、こんなに、後を曳かせるような、送る側が参ってしまうような……すまないとか、可哀想な……とかの余韻があってかなわなかった。あれって、人間のもつ根源的な、どうしようもない哀しみというものなんだね、きっと。哀切極まりない生を、黙々と生きた光二だったんだ。それを、見守ったような、比奈は途中で投げてしまったけれど、四人の子は最後まで、その光二の守りをしたことになるのが、せめてもの慰めになる。

そして、ありがとう、みたりごよ。ここまで、引き摺って来てくれたみたりごよ。叱咤激励して、何とか書かせてくれたものね。ありがとう。みたりごがいなかったら、とてもこの境地にはなれなかった。光二がいなかったら、みたりごにも四人の子にも孫たちにも逢えなかった。そう、これらすべて、あらゆることにも巡り合えず、触れることさえもなかったのだ。光二に感謝だ。と口にして逡巡、妙に素直過ぎだよ、と嗤う声、さらに、嘘をつけ〝恰好つけるな〞とも。

最初から、絶望と諦めから始まったにしても、愛の欠片ひとつでも、なんとかして探し出し、拾おうとしての、そういうものを隠しもっているのかも知れないというい じましい期待を比奈はもっていたろうか。それは相手にだけ求めるさもしい根性。じゃあ、その反対の度量はあったの、と問われれば言葉なくうな垂れるだけの比奈。一生に一回きりの男性との出逢いだったと言うのに、寂しい限りの終り方だ。しかし、彼にすればもっと寂しかったのだ。比奈よりもずっとずっとだ。何しろ相手の女は離婚々々と言い暮らしていた。何度でも子供を引き連れ家出して脅しをかけてきた。

これらが、われらの現実。

現実はどうであれ、互いに心の奥の隅っこでは、幸福な家族の像を描かないはずはなかったのではないか。

けれど、そんなものさ、と、いうことさね、と。擢なら言うだろう。そして、過ぎたことは過ぎたこと。詮索したって、なんも始まらん。死んだ者勝さぁね。早い者勝ちだわな、とも。

それにしても、子供たちの父親はある意味で幸せだったと、言えないか。何しろレッテルを貼られないですんだのだ。精神障害のある人という目では見られないですんだ。それで一生をまっとうしたのだから。副作用のある強い薬を飲まされたわけでもなく、若いときから病院に入れられ拘束されたわけでもなく、普通の父親として君臨しおおせた。思う存分を生きたといえないか。やさしい子らに看護される晩年だった。今だからこそ言えるが、それも幸せのうちに入ると思う。どうぞ、そうだな、と頷いてください。

辛いことばかり並べてしまったが、これが母比奈の告白で詫び状です。愚かな種を撒いた母をゆるせますか？

もし、この先、少しでも生かされているなら、目も見えているなら、続編を書かなければならない。明るい人生のスタートを描く。来春まででよい。とか、思ったそばから、呑気なもんだね、それより先にやること忘れてないかえ？　と。誰の声だって、もうよい。彼の身になって彼の側に立って書いてみろ？　ってことでしょ。これだけのこと書いちゃった後だもの、そこまでやんなきゃ、不公平よね。比奈の自問自答なのか、自分でもわからなくなっている。

あの公園の、あのベンチは、春の日差しが相応しい。きっと、また、櫂と比奈がベンチに坐っているだろう。風呂敷包みを真ん中にして。

もし、みたりごという存在がなかったら、この今の自分を支えきれなかったろう。ああいう形での生を？　授かり、いや、授かりもしなくてさえ、こうして生きてきたという証をしてくれた。このことに接していなかったとしたら、比奈のこの最後は、一体どういう形になったというのだろう？

終りが見えた。終わりが来ないのかと思った。終らなければ死ねない。みたりごの要望によって書かされ、みたりごによって閉じられる。

もう書かないと抵抗したり困難を極めた。パソコンの故障やら、手違いでみんな消えてしまったり、それも何回も。ハプニング多すぎ、手を焼いた。それをいいことに解放された、と姿を消したこともある。追いかけられ首根っこをつかまれ引き据えられ、書け、と命じられた。ワープロ代りのパソコンが使えないときには筆でも書いた。泣き泣き書いた。そして、曲者の風呂敷包みの登場だ。風呂敷特技の技でくるみこまれ締め付けられた。だから、いやでも対峙したくないものとも、まともに向き合った。そして、八十を前にしての衝撃。生きてきた意味まるでなし？　空白？　一体なんだったの？　それらを凝視する晩年となったといえるが。

比奈が書いてきたことはみたりごへのオマージュ？。鎮魂……。

そして、今、この瞬間に気づいたが、今回書くことで終始、光二が身近にいたというか……それはみたりごと向き合えば、みたりごと語れば、そこに影あり、光二が同伴していたのは必然で。それは、思いもよらない接近だった。ともにあること、時間をかけて思うこと、向き合うということが、供養だ、というなら、これ以上の供養はないのではないか。すでに、この世にいない人を暴くようなことをしているのだから、きつい。すまないとか、辛いで一貫してきたが、本当は、こんなに傍にいて、ということは、かつてなかった。それが、死んだ後から、不本意ながら、ずっと、一緒なのだ。身近過ぎるほどに。図らずも、いやでもおうでも、そういうことになっていたということが、比奈を心底冷んやりさせた。が、沈静もさせた。まさか、供養していたとはねぇ。今さら、怖くもない。ただ、これは一体何だったんだ？　と、途方に暮れることではあるけれど。知らずして供養をしていたとは……しかも、必死の形相で。みたりごが承知しないのだから、対峙するしかなかっただけなのだが、みたりごの身になれば厭で情けなくて悲しくて、思い出すのが切なくてどんなに涙を流したか。辛かったとか。しんど過ぎたし、生々しすぎて恨めしくもあった。その刻が、すべて、供養に繋がっていたとは。自然の流れとしてそうなっていただけのことで、今の比奈にはまだ墓に手を合わせる気にはなれない。でも、この「子らへの詫び状」を手向け、光二に読んでもらいたい、とは思う。みたりごと四人の子に、心から詫びて欲しい。すまなかったのひと言を。

あと五日もすれば三周忌。丁度、書き上げた、間に合ったということになる。

この、今、というときを迎えて、まるで、このときに向けてひたすら走って来たような……息切れもしているだろうか。

それを、みたりごと四人の子が、笑いながら見ている。思いがけない光景だ。終ったよ。来たんだね、ここまで。と、比奈。別人生が待ってるよ。と、みたりご。

思えば、いや、思わなくても、これはみたりごと四人の子の導きなのだ。ここまでの人生そのものが、すべてそうだったのだ。そして、子供たちの父親が存在しなかったら、子供たちとの生活があり得なかった人生でもあるのだ。なにを難しく考えることがあろう。生かされるままに生きたまでではないか。つまり、存在したから得られたことだ。そして、紛れもなく存在したみたりごなのだ。

何かあると勝手に動き出す比奈の指先は、紙粘土をまさぐっている。地球なのか月なのか、ただのボールなのか、その上にてるてる坊主が七つ輪になって互いに腕を伸ばし支え合っている。始めは立ち姿で思い切り手を伸ばし体を任せ切って空を見上げていたが、いつの間にか、ぐにゃりとへたりこんでしまい、えーやんこしているみたりご。そして、四人の子。思いとはまったく異なったものしか、もう形に出来ないらしい。その上、比奈の今の目では細かいことはできない。さて、目鼻がつくのやら。と比奈は苦笑した。

そのとき、比奈の中からすうっと抜けていくものが……。あっ、みたりごだ。みたりごが愛想をつかしたのか何も言わず去っていった。続いて、四人の子も。比奈はぐにゃり骨なしになった。しかも、気がつくと何故か空にいる。水母になって心もとなく、ただ、浮遊している。眼下に小さな公園がありベンチに二人の老女が坐っている。真ん中に藍色の風呂敷包みがある。二人はそれをはさんでそっぽを向いている。藍染めの風呂敷包みは青い空に向けて、今にも結び目を紐解こうとしているかのようだ。

（了）

追記

兄の一生に拘って違和感と怒りを持ち続けたことで真実に向き合えた。兄と夫という二人の男と出逢うために生きたような生涯だったと。それに気づくための一生であったような。兄はこういう人間だというレッテルを貼られてしまったがために、精薄としての一生を送らねばならなかった。夫光二は、精神障害を持ちながら、ただ、そのままを受け入れられたことで、普通の生を送れた。外面的な判断だけで、人は簡単に判断を下す、その恐ろしさ。

対照的な二人の生涯を身近にし、見送って比奈は生きた。

比奈は兄の生きてきた真相を死後知るわけで、その悔しさ、生きている間にそれを解明することができなかった至らなさに身を捩った。腑に落ちないとしてその不自然さが疑問となったことで探っていき真相を摑み得たわけで。しかし、その続編があったとは？　まさか？

その続編とは、光二の一生だ。二度までも人の一生の、迷宮入りになるはずの生き方の、真相に触れなければならない巡り合わせになろうとは、気づかねばそれまでのことを、一体何を、比奈に示唆しようというのか。神が授けたものなのか。兄との、光二との、組み合わせを比奈に与えた。それは試練。比奈はこの二人と兄妹であったり、夫婦であったりというごくごく密接な関係に、生をおいて生きるしかなかった。そういう関係だからこそ違和感のある生を生きているということに気づいたのだし、また、衝撃をも受けるわけだし、が、今となっては、この二人の人物の身近にいたという、そうした生き方になるしかなかった定めに、比奈はある納得をするのだった。真実を知りたい比奈だったという意味で。二人に感謝だ。

光二と離婚したとはいえ、生涯を光二と関わった。子供の父親という意味でも過去の人になりえなかった。

真相を知らずして二人の人生を見送った。兄には生きてる間に真相を知らず知ろうともしなかったことを詫びるしかないのだが……。

まるでその分を取り返すかのように、光二の真相を知らなかったばかりに、兄が生きたような惨めさは、光二は味合わずにすんだ。これは一体何を物語るのだろう。もしかして、兄の加護あったればこそ、光二は、レッテルを貼られることもなく生きられたのかも知れない。なんという僥倖であったことか。もって瞑すべし、だ。

これで漸く、兄の意図したことも、遅まきながら知ったわけで、あちらに逝って兄に顔を合わせられる。兄が生きている間に、違和感を持ちながら、ただ見送ってしまったことで合わせる顔がなかったのだから。この長きに渡った自分の生命、八十年を生きた意味も理解した。兄から言わせれば、バランスの取れた一生と言えるのかも知れない。

もう少し兄のことを……。

生きている間中、何かが違う間違っているというか、ざわざわした思いがつき纏った。幼いときから居場所がないみたいな、比較するすべもないから、自然ではないな、といったらよい感覚なのかも知れない。そのざわざわ感がいたたまれず、青い空を見上げては魚になって空を泳ぎたいと思ったものだ。きっと、どうせ違和感を感じるなら、空みたいな広い空間で……と。その、わけのわからない思いは、比奈の原点であるようだ。それが比奈の人生だったのだろう。これは、また、比奈の業なのだろうが、書くことで生を繋げてきた。その書くということは、こういうことであったのか。そのために書きついできたのか……。

その意味にぶち当たったことになる。兄の一生は知恵おくれであった。しかし、ただ、そのレッテルを貼られてしまったがために、そういうふうに生かされ、そういうふうに生きるしかなかった……書いてきたからこそ、死んでしまった後ではあっても、兄のほんとうの姿に逢えたのだと思う。比奈は真実を見損なったままで死にたくはない。だから、兄の真実と出会えた。小説「沼に佇つ」（村尾文短篇集第1巻『冬瓜』収録）でそれを描いた。

その兄を書くためにこそ生きてきたのだと、実感した。

恐ろしいこと、見たくないこと、聞きたくないことにも直面しなければならなかった。だから過去は過去としてしまえず、過去は未知なるものだった。未知を探った。だから真実とも出逢えたのだ。

くどいようだが、重ねて書きたい。レッテルを貼られたばかりに不本意を生きなければならなかった悲劇は、いうならばみたりごに近いものではなかったか。そして、また、一方にはレッテルを貼られなかったばかりに……という生きかたの存在。比奈はそれらを見ることになる。まるで、それらの真実と、出逢うために生き永らえたようなものだ。

幼いときから、みなに馬鹿だ気違いだとダメ人間扱いされているのが兄で、その兄と一緒に育てられ、生きるとは……その中で差別そのものを考えないではいられなかった。それなのに、つまり兄の真実が見えてくるのは死んでからだった。死んでからでは間に合わないというのに。人は思い込みでしか生きられないのか？　とくと、思い知らされたはずだが、人間は更にまた過ちを犯すように出来ていて、そうしか生きられないものらしい。

ここまで、書いて、比奈のこのどうしようもない書くことへの執着ぶりがわかった。そこにようやく到達することができた。とほほのほ。泣けてくるが、真実とは、一生をかけて知るほかないのだと。だとあらば兄のため、つまり、みたりごのため、所詮、力及ばずだった比奈は、結局、こういう形で表現するしか方法がなかったわけ。でも、こうして辿りついてよかった。そう納得できれば、勇気を持って書き継いできた意味がある。しんどいしんどいと呻きながら、泣きながら、とても書き進めないよ、という道程だったが、姿なきものたちが強い現れとなってこれを書かせてくれたのだ。みたりごの、これは示唆なのだね。ありがとう。怖々と書いてきて、思うこと、これだけの思いをさせてくれたことに、言葉に出来ない重く深いもの数々あれど、すべては過ぎ去っている。ただに比奈自身の無知、愚かさを知るばかりだ。ただのたわ言を書かせてもらいました。重複お許しください。

兄のことを書くのは蛇足だと思った。しかし、書くということの根底にあるのは、兄ターちゃんの生き方に対する疑問から始まったのだ。兄が死んで三年、書くことでしかぶち当たらぬ真相、真実というものと出逢った。ああ、このため、この故に書くということと向き合ってきたのか？　という衝撃を受けた。忘れられない。それが二十八年も前のことだ。その十年前に書いた「冬瓜」が初の小説だが、敗戦を十二歳で迎えた比奈の、肌で感じた差別への怒りではなかったか？　どの作品でも根底にあるのは差別だろう。ターちゃんもの以外でも。

それから真実と向き合えてよかったと、そうして生きてこられたことを改めて感謝する。三つ違いの兄と一緒に育てられたようなものだが、幼いときから、違和感とか居場所がないといった感覚をもっていた。あれは、今思えば、直感だったのだ。ここで生きていてよいのか、いけないのか、の落ち着かなさは、兄の姿とともに感じ続けた比奈だった。この世に存在すべきだったのに、存在出来なかったもの。この世に存在することは出来たが、まともに存在できなかった。不本意な生を生かされてしまったものの姿を描きたかった、というべきか。せめて紙の上でだけでも生きて欲しい。

（合掌）

書くこと・生きること

――「鴉なぜ泣く」への断片的オマージュ

岩谷征捷

「鴉なぜ泣く」は、あらゆる意味で、何ものかを超えてしまった小説である。たとえば「問うものの構造」を、たとえば「道徳や倫理」を、「世俗の常識」を、「リアリズム」を、そして「私小説」なるものをも――。

F・カフカは『日記』の中で、次のような趣旨のことを言っている。――もし苦痛があまりひどいものでなければ、臨終の床にあって、私はたいへん満足するだろう。この満足して死ねる、という天稟によってこそ、私はよいものを書くことが出来る。死んでゆく人間が、死ぬことをたいへんに辛いことに思っている状況を書いてこそ、読者にとっては感動的なことなのだ。しかしながら、私にとっては、そういう描写をしてもアソビ以外の何ものでもない。(あまり大きな声では言えないが)私は、瀕死の人間になり代わって、死ぬことをたのしんでいる。——

かつて島尾敏雄が『死の棘』を書いたときは、こうした臨終の永続的体験でもあったとも考えられる。書きながら確実に死んでゆくことをたのしんでいたように思う。『死の棘』の持つ一種の余裕、（やはりあまり大きな声では言えないが）夫婦のアソビ、ゲーム。——カフカに絡めて言うと、人は、死を前にしてなお己を支配しつづけ、死に対して主権的な関係をうち立て得た場合にのみ書くことが出来るようなのだ。カフカもシマオも、書くということは死との関係であることを見抜いていた。そして、私たちの村尾文もまた同じく……。

今や、死が、しかも自足したよりよき死が、文学によって与えられる報酬の一つ、否、すべてである。それが作家にとっての執筆の目的であり、根拠であるということだ。死ぬために書くこと、書くためにいったん死んでみせること。心おだやかに死ねるという天稟、あるいはそのためにのみ書くということ——これは誰にでも出来ることではない。やはりムラオは、そしてシマオも、カフカも、その意味で「選ばれたひと」なのである。

いきなりカフカやシマオの例を持ちだしてきたが、カフカはともかく「島尾敏雄」は、かつて村尾からペンネームを付けるときに意識したと聞いたことがあるので、それほど唐突でもないだろう。カフカについては、一般的な紹介の文を次に挙げておくが、ここにムラオをあて嵌めて読むこともできるように思うのだが、如何。

カフカもまたとうぜん、書くひとだった。発表のあてもない小説をノートに、せっせと書いた。

恋人と婚約して、家庭か文学かの選択を迫られたとき、とどのつまりは家庭を捨てた。大インフレ下のベルリンで、冬の暖房にもこと欠きながら頑強にペンを走らせた。結核で喉を冒されて食事がとれず、声を失ったような状態で、短篇集『断食芸人』のゲラ刷りに手を入れていた。めざめると虫になっていた男、オドラデクとよばれる生きものとも死ものともつかぬもの、アメリカへ追いやられた少年の放浪記、身に覚えのない罪で逮捕されるヨーゼフ・K、河に向かって走り出す「判決」の青年……。いずれもこの世に生き（往き）迷い彷徨するものたちだ。ひそかな考えがあってのことにちがいないが、カフカ自身はそれを語らなかった。ただ謎めいた絵のような作品をのこしていった。

それでも生前、七冊の本を出版した。「観察」、「判決」、「火夫」、「変身」、「流刑地にて」、「田舎医者」。そして「断食芸人」の発行を見ずに四十歳で死んだ。

マックス・ブロードはナチから逃れて国境を越えたとき、カフカの遺稿を鞄に入れていた。カフカは遺言で、この友人に、僅かの例外を除いて作品をすべて廃棄するように頼んだのだが、ブロートはこの願いを拒み、カフカの死後、作品のほとんど全てを世に出した。

村尾にならって執拗に繰り返すことになるが、作家とは、よく死に得るために書く者、あらかじめ死との間に結ばれた関係によって書くという能力を手にしている者である。村尾も自分の書く作品を通じて死ぬことができるという可能性に向かうのなら、それは、作品それ自体がある死の経験であることを意味している。作品に、また死に到達するため、あらかじめ手にしていると思われる死の経験を臆することなく開示してみせる。かくして村尾は、よく死に得るために書く、書き得るために死ぬ。矛盾する言いかただが、それが同時によく生きることでもある。

村尾はこの作品を書くことによって、消滅を越えてなお自分自身でありたいという願いや、確固とした不変の存在であろうとする欲望は空しいということに気づいた。それは空しいのみならず、人の望みに反したことでさえある。必要なのは偶像の怠惰な永遠にとどまることではなく、それ自体、変化し、消滅して、世界の変容に協和していくこと、すなわち、名づけ得ぬまま作品それ自体が生成し、独り立ちして行動し、移行してゆくことである。

村尾の希求する「真実」とは何か？　私たちは繰り返されるその問いかけを、ついに読後まで引きずる。「ほんとうのことを言おうか」という小説には何度も付き合ってきた。しかし「真実」は、いつも「言ってしまった」その先にありそうな気がしたものだ。作家は、すべてを語り尽くしたという思いを手に入れることはできない。生きている間は尽きることはない。だから人はいつも未完の作品と矛盾を残したまま逝ってしまう。「真実」について、村尾は不遜にも考える。「どこまで、何を伝えれば理解してもらえるのだろう」と。しかし「ほんとうに真実はひとつなのだろうか」と疑問を抱く（第六章）。そして「一生をかけて知るほかない」（追記）と悟る。だが、一生をかけても知ることができないものこそが「真実」の実体なのだろう。だからこそ「書く（ことはたくさんある）」という思いは残る。

村尾は自らをとり巻く状況を認めながらも、なお否定し続ける。他者だけではなく、それは徹底した自己否定にもつながる。それでは何を頼りにして残生を過ごすべきか？　私たちに共通の問題でもある。子や孫へ未来を託す。「自分では創れなかった素晴らしい景色」にという思いに、私は素直に感涙する。「が、またも、なお、かつ、それでも、まだ、顔を背けずに生きろ、というのか。書くということは生きるということだから」（第五章）と、村尾はためらい、生き続ける。

それにしても、村尾文はあまりに正直だ。ここには村尾文学の原石が、ともすれば無造作のまま、傷つきやすい状態で露出している。特にその素材・材料の悲劇性においてそうなのだが、しかし、それでも、真の主体は〈語り手〉による〈書くこと〉そのことにある。この小説は「書くこと」とは何か？　小説とは何か？　を自らと他者に問うた「メタフィクション」なのである。次のように村尾は語る。

これはわたしが書いたものには違いないけれど、こうして、もう、わたしの手を離れてしまったのですから、申しますけど、櫂さん、これはあなたに書かされたものです。わたしは櫂さんに呼び出されたというか、必要に迫られて創られた登場人物です。分身とでも言いましょうか。（第一章）

語り手の饒舌は遂に聞き手と合体するに至る。これこそが、人間的な言語行動のうちで他者をかかえこんで成立する「物語」の始原を暗示している。「物語る」という行為が、人間の存在の本質に関わるものであることをあらためて知らされるのである。「鴉なぜ泣く」が、「小説（物語）の方法」の小説である所以である。

（いわや・せいしょう／文芸評論家）

（カフカの引用は主として『決定版カフカ全集』（新潮社）によったが、別に池内紀訳の『カフカ小説全集』（白水社）も参考にした。カフカ全般に関しては、多く池内氏のお仕事に学んでいる。）

著者略歴
村尾　文（むらお ふみ）
1934年四男四女の次女として東京に生まれる。
1945年、敗戦の年、12歳で双子の弟の誕生により、子守のため中学校を中退。18歳で美容室を継ぎ店主となる。40歳で4人の子を連れ離婚。以後小説を書きはじめ現在に至る。
著書『村尾文短篇集 第1巻 冬瓜』（西田書店）
『村尾文短篇集 第2巻 鎌鼬』（西田書店）
『村尾文短篇集 第3巻 黒黴』（西田書店）

鴉なぜ泣く

2018年12月10日　初版第1刷発行

著　者　村尾《むらお》　文《ふみ》
発行者　日高徳迪
装　画　猫車配送所
装　丁　臼井新太郎装釘室
印　刷　平文社
製　本　高地製本所

発行所　株式会社西田書店
〒101-0051 東京都千代田区神田神保町 2-34 山本ビル
Tel 03-3261-4509　Fax 03-3262-4643
http://www.nishida-shoten.co.jp

ISBN978-4-88866-631-2　C0093

・定価はカバーに表示してあります。

村尾文短編集■全3巻

第1巻 **冬瓜**（とうがん）

■文章も、書きなれた、手堅いリアリズムである。したがって読者は、それぞれの体験を重ね合わせて、感情移入しながらこれを読むに違いない。（後藤明生）

第2巻 **鎌鼬**（かまいたち）

■そこに植えられた樹木は、村尾が丹精をこめて植えたものだから、私たちはその一木一草に目を凝らすように五篇の作品に就こう。（大津港一）

第3巻 **黒黴**（くろかび）

■小さな体で兄を守り、差別を憎んだ。好きな仕事を選ぶことも、疲れて休むことも許されなかった。村尾さんはただ書くことによって、生き延びてきたのだった。（金井真紀）

【定価】各巻1500円＋税